从阅读走进现实

knowledge-power

knowledge-power

读行者

青春，我们逃无可逃

康慨 著

CNS 湖南文艺出版社 HUNAN LITERATURE AND ART PUBLISHING HOUSE 博集天卷 CS-BOOKY

早到的青春易逝，迟来的青春长久。

——尼采

你知不知道我们为什么要写作？

为了深爱的人。

——米歇尔·福柯

Give Me Liberty

or

Give Me Death

Contents

Chapter 1

青春未名

这真是一块圣地
今天我来到这里
阳光月光星光灯光在照耀
她的面孔在欢笑和哭泣
这真是一块圣地
梦中我来到这里
未名湖是个海洋
诗人都藏在水底
灵魂们都是一条鱼
也会从水面跃起
就在这里就在这里
就在这里就在这里
我的梦就在这里

——许秋汉《未名湖是个海洋》

每一个 18 岁的少年都有一个遥远的理想、一个憎恨的现实，和一个意淫的对象。对于寡言的幻想家卡小卡同学来说，虽然他从未跟人聊过这些，但是他知道，暗无天日的高三之后，他将在 P 大找到所有的答案。

想想吧，再过几个月，未来的爱因斯坦将搂着全校最漂亮的姑娘，一边柔情缱绻地在校园漫步，一边谈论高深的物理学问题，这画面于他是比鸡血更好使的励志良药。

幻想是他对付现实中令人作呕的题海和应试的有效武器，也是助他飞向九万里蓝天的逍遥巨翅。然而，飞得越高，跌得越惨，他很快就会意识到这一点。

外表看来，他高高瘦瘦，总是闷着头，显得毫无生气。如果不仔细看，谁也不会发现眼镜片后面目光中的犀利与豪情，和嘴角边经常挂着的轻蔑微笑。高三以来，他突然变了一个人，不再像以前那样成天逃课踢球，看课外书，而是安安分分地趴在课桌上复习考试，成绩也因此一路飙升，最近几次模拟考试都名列前茅。

内在里，他是个极其矛盾的人。他痛恨学校，痛恨毫无生气的应试教育，但他的行动背叛了他。每次考出好成绩，他都会偷着乐好一段时间。他嘲笑那些只知道为了考试而学习的人，认为自己是与众不同的那一个。然而，他除了应试，几乎什么都不会。

生活一片死气沉沉，黑板旁边的高考倒计时牌像个暴君，扼杀着这一屋子的青春激情。他愤懑无以发泄，就连隔壁班那个号称暗恋他的胖姑娘都疏远了他。他沦陷了。

如果有什么能拯救他的话，那一定是 P 大，是大学校园里美得令人窒息的爱情，他确信这一点。

//

高考成绩下来了，卡小卡的分数出奇地高，全国所有大学任他选。他本想去P大物理学院，然而不巧的是，该学院的招生名额事先被保送生占满了。他郁闷、焦虑，私下把P大和那些保送生骂了一通，然后准备选报别的学校。

他查了几本高考指南手册之类的东西，看上了号称全国排名第一的南大天文系。但是，他的高中班主任极力反对。他征求了父母的意见，答案是要听老师的。

班主任说："P大和清大才是全国最好的大学，如果你这么高的分数都不去，那将是你一辈子的损失。"他有点被吓到了，对于精力旺盛但是胆小得连女孩的手都没主动摸过的他来说，"一辈子"可真是触目惊心的字眼。

他给P大和清大招生办分别打了电话，有两个新发现：第一，两所学校都自称是全国最好，对方不如自己；第二，P大有一个叫什么实验班的院系可以学物理。

P大招生办电话那头是个健谈的女人，她说："实验班就可以自由选课啊！实验班的前身是大师班，是全校集中优势资源培养精英的机构，也是响应教育部教育改革的产物啊。实验班的宗旨是宽口径、重基础的通识教育，你明白吗？（当然不明白。）我们传统的大学教育是一进来就被分到各个具体的院系，对不对？

这样的话，如果有些学生最后发现不喜欢所选的专业怎么办呢？他就只能转系对不对？但是转系很费劲啊，要花钱，还要成绩什么的。而实验班就不一样啦，实验班可以自由选课啊，你不爱学本专业就换别的啊，对不对？这样多好啊！”

卡小卡没太听懂，他只想知道自己能不能学物理，“自由选课是不是说我可以自由地选择自己喜欢的任何课程？比如我可以选物理课，也可以选择别的我想听的课，对吧？”

那头语气很欢快，似乎在赞赏卡小卡的理解能力，“对啦！物理、经济、生物都能选啊！所有院系的课都可以选啊！我们实验班学物理的学生很多啊！学物理的学生都很聪明啊！你来吧，噢，保证你学得好，将来成为大科学家。”

“那在实验班学物理和在物理学院有什么区别呢？”

“没有区别啊！你也是选物理学院的课啊！你也和物理学院的学生一起上课啊做实验啊！怎么样？好吧！来吧！噢，来吧来吧来吧……”

那人过分的殷勤让卡小卡微微感到不快，不过一想到终于可以到全国最好的大学学自己喜欢的专业，卡小卡就把她忘一边去了。于是，他挂了电话，兴冲冲跑去填写了高考志愿。“哈哈P大！老子要杀过来啦！”他边跑边说。

//

那时，社会上纷纷传说“P 大是天堂”。卡小卡才不傻，他认为 P 大不是“天堂”，而仅仅是一座“圣殿”。卡小卡很聪明，说的话可能智力密度太高，诸君可能听不大懂，现在就让笔者来诚惶诚恐地替卡小卡为大家做解释吧。卡小卡认为 P 大仅仅是一座“圣殿”而不是“天堂”，具体来讲，是这样的意思：首先，卡小卡认为 P 大仅仅是全宇宙最好的两所大学之一，而不是唯一；其次，卡小卡认为 P 大的学生仅仅是天之骄子，而不是天王；最后，卡小卡认为 P 大的生活环境仅仅是十万个立方光年以内最好的之一，而不是唯一。

诸位读者朋友请注意，上面说的是 P 大而不是 P 大实验班，因为实验班是不一样的。根据卡小卡的推测，既然实验班是在“圣殿”的基础上进一步升华而成，那么实验班才应该是“天堂”。由此可见，社会上的传说往往是不可靠的，我们一定要经过自己的独立思考才能窥见那永远是掌握在少数人手里的真理。现在请有幸读了此文的少数人注意，以后不要再说“P 大是天堂”了，而要改成“P 大实验班是天堂”。当然，我们的卡小卡是很低调的人，他从没把自己的这个思想成果告诉给任何人，甚至他都很少对自己这样说。我是在他的潜意识中挖掘出这个伟大的发现的。18 岁的卡小卡就是带着这样的观念满怀信心地来到 P 大。

P大校园很大，校园内的北部地区是一座有几百年历史的古典园林。这园林颇为气派，其中心是一个面积大名气更大的人工湖——人称“有名湖”。湖岸边是郁郁葱葱的柳树林，从树林中穿过，依稀可以看见远处的小山、山上的古迹和山旁的几处优雅的古典建筑。走在园林中那歪歪斜斜的小路上，不时地会碰见各种雕像、凉亭和认不清字的古石碑。看来，这里非常适合临风洒泪、对月抒怀和谈恋爱。校园的南部才是学校发挥教育功能的区域，各寝室楼、教学楼、图书馆、食堂、体育场、院系办公楼等错落有致地分布其间。学生们平时很少来到校园北部园林区，但是，对于那时的卡小卡，这如雷贯耳的有名湖却有着难以抗拒的吸引力。刚来到P大，卡小卡便迫不及待地去朝拜了一番。不料，正当卡小卡在园子里一个人孤单单地走着时，却无端地被那景色勾得闲愁万种，体内一股“不道德”的躁动油然而生。卡小卡感到孤独，他渴望恋爱，他都18岁了，还从来没有接过吻。更糟糕的是，他一在女生面前就紧张，他会改变吗？他会遇到一个长头发、大眼睛，平时跟他讨论物理的女朋友吗？她会跟他做爱吗？卡小卡情不自禁地胡思乱想起来，不过好在刚来这里，有很多事要做，他依依不舍地收下心，准备以饱满的精神状态迎接新学期的开始。

//

刚到P大的时候，卡小卡过着云上的日子，每天都感觉轻飘飘的。他身在全国考试成绩最好的一群人之中，各省的状元、榜眼、探花比比皆是，虽然他明白，状元当中也有呆娃，像自己这样高分高能的人在哪儿都不多见，但是看到学校对实验班新生的特殊照顾，以及身边这群家伙唯我独尊的受用模样，他也很难不被感染，情不自禁地就觉得自己高人一等。

有时候，他被一种无处不在的骄傲情绪笼罩着。那时候，他的心理活动不比一条狗复杂多少。

在新生自我介绍的时候，他本来准备好了要说自己喜欢爱因斯坦、想做中国的爱因斯坦这样的话，可是恰好在他前面的一个同学抢先说了他要做中国的爱因斯坦。轮到他时他突然大脑空白，不知说什么好，竟也跟着说我也要做中国的爱因斯坦。这让全班同学哈哈大笑，他红着脸也跟着笑。从此，班上同学都叫他为小爱因斯坦，简称小爱或坦哥。

作为一个新生菜鸟，最重要的是聆听教诲。于是，新生欢迎会、新生音乐会、师兄师姐交流会、班会、作为实验班的学生所特有的实验班新生欢迎会、选课大会等相继召开。所有的会都是同样的主题，无非是苦口婆心地告诉你，要好好学习报效祖国。

唯有实验班的新生会开出了一些新意。几个支持教育改革的领导相继讲话，详细讲解了传统教育的弊端、教育改革的必要性以及实验班的教学理念。同学们听得格外认真。在领导讲话的空隙，忽然有人放了个不太响的臭屁。只听那声音九曲十八弯断断续续地持续了五秒钟，显然是那人憋了半天实在憋不住了才小心翼翼地放出来的，全场一百五十多人肯定都听到了。卡小卡忍不住想笑，看看周围，却发现人人都是一副苦大仇深的表情，甚至很多人在认真地做笔记！卡小卡没做笔记，领导的讲话他也听得似懂非懂，但是，在传统教育中痛苦煎熬了十二年的卡小卡绝对无条件地支持任何教育改革——“终于可以彻底地摆脱他母亲的高三了！”想到这儿，卡小卡暗爽不已。

实验班同学的另一个特殊待遇是，要关起门来开一个极其重要的选课大会。照例是领导先讲话，然后是负责各个不同专业的教授导师讲话。卡小卡本来昏昏欲睡，忽然听到领导说实验班也有必修课，而且还是专门给实验班学生开的必修课时，立刻就精神过来了。“实验班不是自由选课吗？”他想，“自由选课怎么还有必修课？这到底是怎么回事？”这时，卡小卡开始认真地听讲，他想仔细听听他们到底给自己安排了什么样的命运。

实验班的课程分几种，第一种是全校所有学生都要必修的政治课、英语课和体育课；第二种是各个具体的专业所要求的必修课，比如想拿物理学学位就必须按照规定修完所有的专业必修课；第三种是选修课，这也不是可以完全自由去选课的，也必须按照五花八门的规定拿一些规定的学分；最后一种就是只给实验班学生开的必修课。这样看来，如果卡小卡想在实验班学物理，那么他的必修课要比物理学院的学生还多。而且如果中途换专业的话，他还要从头开始把那个专业的必修课修完才能毕业！想到这里，他有一种上了贼船的感觉。不过，他很快就宽慰自己道：自由总是有条件的嘛！再说，如果完全允许学生自由选课，那恐怕也不成样子了。可他还是很不爽，不说别的，单是被强制规定去做某些事这种行为本身就让他难受。按照他的想法，老子自己主动地选择一门课和被强制地去上一门课，那是完全不同的感觉，即使是上同一门课，那也是前者的感觉更爽！不过，常言道“既来之，则安之”，再说不管怎么样，毕竟他可以学梦寐以求的大学物理了啊！于是，他心情复杂地填写了自己的选课表。

开学后，卡小卡豪情顿起，发誓要上遍 P 大所有值得上的课程，就像刚登基的猛男皇帝发誓要上遍后宫所有漂亮妃子一样。于是，他本着大无畏的牺牲精神，不顾身体极限，挨门串户、紧锣密鼓地临幸各门课程——不但上自己选的课，还旁听自己没选但看起来很诱人的课。但很快他就不去旁听了：因为太累，听不过来，更因为那些课根本没有自己想象中那么有趣——不过是一些教授站在高高的讲台上板着老脸唾沫横飞地读讲义罢了，下边的学生们就只能像个录音机似的拼命做笔记，或者干脆流着哈喇子会周公，这实在没什么意思。

像绝大部分菜鸟一样，卡小卡也积极地参加了社团，他选择了天体学会和科文协会。根据宣传，天体学会每周都会有活动，比如用学校的天文台观星、开讲座、野外观星等；而科文协会的特色在于他们不但经常免费为会员放映科幻电影，还承诺要不时地去请知名科幻作家来与会员交流联谊。两个协会的会费都不贵，每学期各十块大元。他满怀期待，仿佛上交的那十块钱不是会费，而是通往友谊天堂的入场券。

当然，对于大学菜鸟来说，友谊列车的第一站必然在寝室。卡小卡的寝室有四个人，分别来自全国最东最南最西最北的地区，四个人说话的口音都不一样，南腔北调颇为有趣。刚开始大家还不熟悉，聊天的话题无非是关于课程和关于自己家乡的事，平时大家也很注意打扫寝室卫生。但很快大家就混熟了，于是开始一起打游戏看 A 片，夜聊美女，各种垃圾话也肆意流行起来。至于卫生状况，如果我给你仔细描述，那么你准会想到《挪威的森林》，也许唯一的不同是他们不对着金门大桥手淫。至于对着什么，卡小卡也不知道，因为大家还没谈起过。

那个时候的校园友谊还是很单纯的，哥们儿之间流行的是一边高傲一边猥琐，一边矜持一边意淫，而“好基友，一被子”“一直很给力，从来很坑爹”之类的“90 后美德”还没开始发端。

卡小卡默默地寻找着，不安地期待着，他把高傲藏在心里，把猥琐当成了交朋友的手段，他学着做一个可文可俗的雅痞，骨子里却仍然是未来学术大师的自我认同。他想要多交朋友，他渴望拥有高山流水般的伟大友谊，他也渴望像以前那样证明自己是所有人中最聪明的，至少也是其中之一。然而，为什么所有人都比他懂得多？最开始，他连 QQ 和 BBS 都不怎么会用，他觉得自己就像个没见过世面的土老帽儿。他怀疑人们会在背后嘲笑他，为此感到有些自卑。好在还有足球，在“新生杯”的比赛中，他当仁不让地占据了班里足球队的主力中锋位置，并且连续三场比赛都进了球。他很低调，只是在一个人独处的时候才高兴得屁颠屁颠。

正是在这个时候，师姐自杀了。

//

这件事对卡小卡的震动很大。这之前，他还在为自己考上了P大而沾沾自喜。这之后，他变深沉了许多。想象一下你经常买彩票，感谢苍天，终于有一天你中了五百万。你正爽得不行，然而好景不长，一声该死的惊雷把你从梦中惊醒了。师姐的自杀就是那惊雷，咔嚓一声把卡小卡手里的五百万炸飞了。

这个比喻还挺逗，嗯？但卡小卡肯定不喜欢这个比喻，因为在他看来金钱太俗，不符合自己高雅的品位。金钱为什么俗？答曰：因为高中课本上写拜金主义很坏。

这不是卡小卡自己答的，这是我替他答的。我敢保证，他也不会认同这个回答，因为他认为高中课本也很俗。但他同意拜金主义很坏，他也不会否认自己是从高中课本上得知拜金主义很坏的。尽管如此，他仍然认为高中课本很俗，因为卡小卡讨厌应试教育，所有跟应试教育相关的东西都很坏。

同志们请注意，这里面有个矛盾：卡小卡一方面认为高中课本很俗，一方面自己接受了课本的观点，却同时认为自己很高雅。这是怎么回事？很简单，因为我们的卡小卡就是个矛盾的人——他身上既有显而易见的矛盾，也有潜藏在深处的矛盾；既有自己知道的矛盾，又有自己没意识到的矛盾；既有很容易解决的矛盾，也有直到他离开都没能解决的矛盾——

//

那是十月中旬的光景，有位真猛士在BBS上留了封遗书，然后就从学校最高的楼顶跳了下去。一开始，卡小卡还不知道那真猛士就是师姐，他听说有人跳楼了，没太当真，以为大家在搞恶作剧什么的。晚上他和同学一起吃饭的时候，那同学告诉他这位真猛士是我们的师姐，叫×××（那师姐的名字）。听到这儿，卡小卡顿时没了食欲，于是马上回到寝室，打开电脑，想详细地了解这件事。那时候，BBS上已经有非常多的人就此事发了帖：学生会代表全校师生发了讣告；这师姐的一些朋友写了纪念文章，写了她自杀前几天的生活；更多的人只是简单地说说自己的感想，或劝生者好好活着，或给死者以祝福。从这些帖子的描述里，卡小卡了解到：师姐为人很热心，一直担任系学生会副主席的工作，自杀前几天并没有明显征兆，跟平时一样去上课；她是在深夜从理科楼跳下去的，死的时候穿戴整齐，下身是牛仔裤，上身是红色T恤衫……

卡小卡其实并不了解那个师姐，只能算认识，那师姐和卡小卡是从同一个城市的同一所高中考上 P 大同一个院系的。他们的家乡是一个小城市，高考竟能有人考上 P 大，就算是小城里的大新闻。2001 年，卡小卡来到那所破旧的高中，师姐则考上了神圣的 P 大。在那年的开学典礼上，学校把师姐请回来，在操场上给全校同学做了一场激情澎湃的演讲。卡小卡从远远的地方看着，一边嘲笑别人对这师姐盲目崇拜，一边暗暗地把她当作自己的学习目标。高中的老师经常会提起这个师姐，在他们的口中，这个师姐就是最勤奋最听话最有前途的学生的典型。当然，卡小卡并不相信师姐真的就有那么完美。但是，卡小卡完全理解老师们的良苦用心——因为她考上了 P 大！三年后，卡小卡也如愿考上了 P 大。

卡小卡唯一一次和师姐交谈是在刚开学时的同乡会上。卡小卡早就注意到了师姐，但先是偷偷观察了一会儿，只见她戴着红框眼镜，画着淡妆，身材适中，穿着白色连衣裙；她说话时脸上一直带着微笑，虽有一些东北口音，但不像别的东北同学那样为了调侃故意使用浓重的东北腔。她给卡小卡的总体感觉是沉静、略显孤单，这与三年前她在高中操场上演讲时带给卡小卡的印象完全不同，那时的她浑身洋溢着青春的朝气。卡小卡不禁感慨，这三年的时光给师姐带来了多大的变化啊！三年后自己会变成什么样子呢？此时的他怎么也不会想到，三年后自己竟会走上师姐的道路……

同乡会由几个师兄师姐代表发言之后，就进入了自由交流环节。卡小卡找到一个空当，鼓起勇气走到师姐跟前，略显紧张地自我介绍道：“师姐你好，我们是老乡，而且是同一所高中毕业的。我早就听说过你的大名，久仰久仰。”师姐听说卡小卡是校友，显得热情了些，卡小卡自己反倒有点拘谨——师姐是否真的像高中老师说的那样完美？自己该跟师姐说些什么才不会亵渎师姐的圣洁？师姐会成为自己的朋友吗？师姐有男朋友了吗？难道，难道师姐会做自己的女朋友吗？！

卡小卡的脑海中在不着边际地胡思乱想，口中说的却是一些故作高雅的问题：

“你觉得实验班怎么样？这里会培养出真正的大师吗？比如像爱因斯坦那样的物理学家？大师要具备哪些品质？”问题一出口，卡小卡就汗颜不已，暗暗为自己问出了这么傻的问题而气恼。

好在师姐似乎没有注意到卡小卡内心的波澜，她微笑着回答说：“我觉得真正的大师并不是培养出来的吧，而应该是自己努力的结果。至于实验班，有人说好，也有人说不好，主要看你自己的把握吧，你说呢？”

“嗯，我喜欢物理学，其实我本来想去南大天文系的，但是班主任和家长非得让我来P大。我对实验班还是有点懵懂，我不明白为什么这里的必修课比物理学院还多，本以为熬过高三，来到实验班可以自由地学习，没想到还是受到这么多束缚。”

“这就是规则，你只能服从。”说完这句话，师姐似乎意识到自己的语气有些生硬，便顿了顿，换了一种温和的口气继续说，“其实我们是一样的，小学的时候盼望上中学，中学的时候盼望上大学，总以为长大会更自由。但其实，长大并不必然意味着会自由，总把希望寄托给未来是不对的。当下能解决的问题，就应该当下解决，不是吗？”

卡小卡感到，师姐的话中似乎暗藏着什么内容，某种他将来有一天会领悟，但目前还无法把握的内容。卡小卡对自由这个词很敏感，他希望就此能说些什么，但他对自由只是有些情绪和感受，而无成熟的高见可以发表。他不想被师姐看出自己的浅薄，搜肠刮肚地想了半天，也没组织好语言。两人之间静默了几秒钟没有说话，一时气氛有点僵。意识到这一点，卡小卡更 了，他便没话找话地问了最后一个问题：“那你对大学生活的感悟是什么？”问完之后，卡小卡有点不争气地脸红了，他突然很想离开。

这时，师姐脸上的微笑也消失了，眼睛里失去了光彩，“说到感悟，每个人都是不一样的，只能靠你在未来自己去总结了，努力过就好。”

这时，另一个女孩过来向这师姐问问题，卡小卡和师姐的谈话就此结束了。

卡小卡头脑中闪现着与师姐交谈的一幕幕画面，用鼠标点开了师姐发表在 BBS 上的遗书：

我列出一张清单

左边写着活下去的理由

右边写着离开世界的理由

我在右边写了很多很多

却发现左边基本上没有什么可以写的

回想二十多年的生活

真正快乐的时刻，屈指可数

记不清楚上一次发自心底的微笑是什么时候

记不清楚上一次从内心深处感觉到归宿感是什么时候

也许是我自己的错吧

不能够去怪别人

毕竟习惯决定了性格

性格决定了命运

我并不是不愿意珍惜生命

如果某一时刻你发现活下去

二十年，三十年

活着，然而却没有快乐，没有希望

不愿去想象

还要这样几十年下去

去接受命运既定的苦难

看着心爱的人注定的远去

越来越不堪忍受的环境

揪心的孤独感，年轻不再

最终多年以后一个孤苦伶仃的可怜老人形象

没有亲人，没有朋友，苟延残喘活在过去回忆的灰烬里面

那又为什么不能够在此时便终结生命

不用再说生命的价值了

是的

比起任何一个还要忍受饥饿、干渴、瘟疫的同龄人

我真的觉得自己很幸福，但这是相对的

二十年回忆中真正感到幸福的时刻屈指可数

我不明白

为什么小学的时候无比盼望中学，曾经以为中学会更快乐

中学的时候无比盼望大学，曾经以为大学会更快乐

盼望离开欺负与讥讽自己的人

盼望离开被彻底孤立的环境

人生每一个阶段的最后，充满了难以再继续下去的悲哀

不得不靠环境的彻底改变来终结

难道说到了现在

已经走到了终点

对于亲人，我只能够无奈

或许死后的寂静

就是为了屏蔽他们的哭声

就是能让人不会在那一刻后悔

是的，二十年

但是却无法忍受这种行尸走肉一般的生活

觉得生活如同死水泥潭一般

而我自己其中

猥琐、渺小而悲哀

不可能再做出任何改变

如果人死的时候可以许一个一定会实现的愿望

我也许会许下让所有人更加快乐吧

人应该有选择死亡的权利

无法负担

以前或许不明白这种感觉

对自己的悲哀

痛到心尖在颤抖

或许死亡本身就是一个轮回的开始

用悔恨来洗刷灵魂然后新生

或者回到过去重新开始[①]

卡小卡呆坐在座位上，一直盯着电脑屏幕上的文字，试图思考些什么，脑袋里却只有悲哀。他觉得事情太不可思议了，好好的一个人怎么说自杀就自杀了呢？他感到一股重重的悲哀劈头盖脸轰鸣而来，压得他喘不过气来。他此前从未认真考虑过自杀的问题，师姐的自杀犹如一声惊天巨雷彻底把他击蒙了。他好像大脑变迟钝了似的想："自杀，那可就是自己杀死自己啊！主动地从几十米高的楼上跳下，然后瞬间死亡，那就是说永远都不能再生活，永远都不能拥有爱情，永远都不能和朋友玩笑，永远地和这大千世界断绝关系了啊！为什么要这样呢？为什么那人见人夸的师姐会绝望到如此地步呢？ P大不是圣殿吗？实验班不是天堂吗？天堂里怎么会有人自杀呢？"卡小卡感到害怕，更感到困惑。

已是傍晚七点，卡小卡本来有课，但他觉得自己头很昏，去了也根本不可能听课，所以干脆就翘课了。他开始逐字逐句地读那封遗书，却发现怎么也读不懂。所谓"离开世界的理由"都是什么呢？"活下去的理由"怎么会寥寥无几呢？所谓"性格决定了命运"又是怎么一回事呢？何至于整天过着"行尸走肉一般

① 这是一封真实的遗书节选，本文正是诞生于笔者在阅读这封遗书时所产生的巨大的震撼。这篇遗书网上有很多转载，如 http://www.mangowang.com/baby/la/12725.html

的生活”呢？为什么生活就“没有希望”了呢？又为什么大学生活就不“幸福”不“快乐”呢？怎么才能“让所有人更加快乐”呢？师姐自杀之前到底都在想些什么？！

卡小卡怀疑自己是不是变笨了，为什么自己怎么也不能理解这件事呢？他感到自己陷入一种莫可名状的悲哀境地，在那里自己根本无可适从，思想完全寸步难行。“然而，死者已经死了，而生者毕竟还要继续生活！我必须要恢复过来，我还要学习，还要考试，还要做爱因斯坦呢！”想到这里，他便关掉电脑，换上运动鞋，准备去跑步。他从寝室一路跑到有名湖，又绕着有两三个体育场大的有名湖跑了五六圈，一直跑到浑身是汗，上气不接下气，才准备回去洗澡。可走到一半的时候，他觉得自己还是没有清醒过来，于是，他又去体育馆，那里有很多运动器械。他先是躺在最重的杠铃下做了三个卧推，觉得太重了做不动。于是，换了另一个稍轻一点的杠铃，一口气做了 25 个卧推，这把他的胳膊累得酸疼。稍微歇了一会儿，他又躺在坡度最斜的铁板上一口气做了 97 个仰卧起坐。做到实在做不动了，他就躺在上面大口喘气。这时旁边一个等着做仰卧起坐的哥们儿有点不耐烦，语气很不客气地说：“你完事没？”卡小卡抬头看看他，一声没吭，然后起来又去做了 15 个俯卧撑。这时候，他已经累得脑袋发蒙四肢发麻，于是才往回走。回到寝室，拿了洗澡卡和香皂毛巾就去洗澡。到了澡堂才发现自己忘了穿拖鞋。他实在太累，懒得再回去取拖鞋，就光着脚进了浴室。他站在淋浴头下任水流长时间地冲着脑袋，他感到浑身疼痛，真想躺在地上好好歇一会儿。可这是浴室啊，那样怎么行，于是他双手扶着墙，继续任水冲。浴室里的水蒸气越来越多，恍惚中，他感到自己身体在变轻，脑袋也在变轻，似乎是一种解脱的感觉。他的眼前早已是模糊一片，朦胧中好像有一个人在朝他笑，笑容宁静却可爱，是师姐。卡小卡也朝她笑，觉得有很多话要说，一时又不知该说什么。“喂，哥们儿，你没事吧？”卡小卡旁边的一个人一边拉着卡小卡的胳膊，一边大声问他，“你没事吧？怎么了你？”这时，卡小卡一下子清醒过来，他发现自己已经倒在地上了。卡小卡自己站了起来，拍拍那哥们儿肩膀，表示感谢。卡小卡觉得有点不好意思，然后胡乱洗了几下，就回去了。

寝室的哥们儿相继下课回来了。由于做了大量运动，卡小卡变得开朗了许多。卡小卡跟他们闲聊，聊到师姐的时候，卡小卡说这师姐是自己老乡，而且还是个美女。刀哥和强哥闻此同时“靠”了一声，伟哥只注意到美女二字，便说：“丫的美女怎么就不给我留着呢，怎么说跳就跳呢？丫的我们学校本来女生就没男生多，这又跳一个，以后还让人活不活啦！我要认识她，我肯定好好地保护她、爱护她、呵护她、爱抚她……”

这伟哥原名朱小伟，不知道是谁最开始管他叫伟哥，反正后来大家都跟着积极响应，伟哥对此很满意。伟哥来北京最先学会的东西就是“丫”字，其实，伟哥自己都不知道“丫”是什么意思，他只是觉得这个字很痞，于是就装作自己也很痞的样子到处乱用。

听到伟哥又在发春，卡小卡骂道：“伟哥我日你先人！给我滚犊子！”

刀哥比较有同情心，也跟着卡小卡骂伟哥道："靠，你小子也太没人性了，人家跳楼之前说不上有多痛苦呢。"

强哥闻此，便开始施展他一贯的强势语气宏论道："自杀就是懦弱的表现，这样的人不值得同情！你有勇气自杀，怎么就没勇气活着呢！对不？人就应该强势一点！谁没有痛苦的时候呢，对不？痛苦就要找办法解决，对不？跳楼就能解决问题吗？当然不能！对不？"

强哥的老子是铁腕官僚，受他老子影响，他的口头禅是"人就应该强势一点"，于是大家都叫他强哥。

向来没有主见的伟哥立即表示赞同，说："强哥有道理，我丫啥时候都不会跳楼。"

卡小卡却对强哥的说法表示疑义，说："可是你怎么知道对她来说活着不比自杀更需要勇气呢？"

伟哥边挤青春痘边说："靠！不愧是坦哥的老乡啊，丫的这么了解。"

强哥想了一下，说："你想哦，死亡很可怕对不？她已经习惯了活着对不？那就是说活着没有死亡那么可怕对不？所以，自杀比活着更需要勇气对不？没错吧？"

刀哥此时正在看电脑，他说："遗书上的意思是说她觉得活着更可怕吧。"

卡小卡赶紧表示赞同："对，强哥的论证前提就是错误的，她自杀之前应该觉得死亡不可怕才对。"

但强哥要坚持自己的意见，他说："我说的是普遍的情况，一个人总会犯错对不？你有的时候还会觉得活着没意思呢，但是活着毕竟比死了好，对不？”

卡小卡反驳道：“问题是她为什么要自杀？为什么那时候她就认识不到活着比死了好呢？”

强哥提高了嗓门，说：“她肯定是受到了打击啊！她肯定是有点不正常啊！对不？要不怎么就跳楼了？”

卡小卡说：“可是，帖子上面说她死前的几天一切正常，这你怎么解释呢？”

强哥说：“那都是别人说的，对不？她不正常也不一定表现出来，对不？”

卡小卡说：“可是她又能受到哪些打击呢？为什么不想别的办法发泄发泄呢？”

强哥俨然成了本案的权威，他提高了嗓门，说：“你怎么知道她没去发泄？她肯定是发泄了也不管用啊！所以，她才不想活了，对不？”

伟哥听得有点不耐烦，便说：“你们俩管那么多干吗，自己好好活着就行了！”

卡小卡心里不痛快，没好气地对伟哥说：“你丫当然活得好！成天就知道意淫，丢死人你也脸不红心不跳的，我看你最应该去自杀！”

伟哥贱不啦叽地尖笑两声，然后“啪”的一声对卡小卡隔空做了个亲亲的动作，说，“还是坦哥了解我！”然后对着刀哥说：“刀哥，把刀借我，我自杀！”

刀哥有一把五十块钱的指甲刀，大家以前都没见过这么贵的指甲刀，于是就都叫他刀哥。

未名湖

刀哥还在看电脑，不理他，然后，伟哥和强哥去打游戏了，卡小卡又陷入沉思。

卡小卡仍然感到困惑。他想，伟哥从来不会深思什么东西，所以他不会在乎师姐自杀；强哥已事先就用他的“强势哲学”对自杀进行了解释，所以师姐自杀对他来说唯一的意义不过是又一次验证了他的“强势哲学”的正确性；刀哥虽然会为师姐叹息几声，但是不久之后他就会采取事不关己高高挂起的态度；如果自己和这个师姐没有任何关系，恐怕也根本不会认真地对待这件事。可是现在自己偏偏认识这个师姐，偏偏想知道师姐到底为什么自杀。他想，师姐的自杀会不会和实验班有关系呢？会不会是实验班的压力太大让她受不了了呢？会不会和P大有什么关系呢？那天师姐跟自己说“不要幻想大学会有更多的自由和快乐”，是不是在暗示P大才是谋杀师姐的真正凶手呢？他悲哀地想到，难道师姐就这么白死了吗？难道师姐的自杀对别人一点都不重要吗？难道师姐的自杀就这么毫无意义吗？他钻进了牛角尖，非要把师姐自杀这件事完完全全地弄明白不可。他又上百度、Google搜索了下，找到几条相关的报道。但是这些报道都含糊其辞，无非是说些“心理问题”“抑郁症”“大学生太敏感脆弱”等一些无关痛痒的话，他们还在文章中把专家搬出来煞有介事地解释劝导一番。想到曾经那么有活力的师姐已经躺在冷冰冰的太平间了，卡小卡突然对这些报道痛恨不已。他想，妈的，你们有什么资格坐在那儿指手画脚，师姐可是已经死了啊，永远都回不来了啊！他根本就不相信那些所谓专家的话，什么“要保持开朗的心胸”，什么“要有坚强的意志力”，什么“要学会处理人际关系”，这些话都他妈是放屁！你们的意思是说曾经那么激情澎湃的师姐无缘无故就变成抑郁症了是吗？你们是指责她意志力不够坚强是吗？都他妈是放屁！一个人好端端的怎么就突然变得抑郁了？变得意志力不坚强了？变得不想活了？师姐啊！你到底为什么要这么做？到底是什么逼着你这样做？你的清单上到底写着什么？到底哪些因素才能导致一个人自杀？！

接下来的几天，卡小卡总是处于若有所思的状态，一个人低着头走来走去，上课也不能专心听讲。几天之后，他发现自己的思考毫无结果，这才彻底死心。他从这件事中总结出几个道理：①P大不是天堂，实验班也不是天堂，天堂里不应该有自杀；②这世界上的确有自己完全搞不懂的东西；③师姐自杀这件事就属于②；④搞不懂的东西就不要再搞，把它忘掉！

然而，卡小卡并没有真正把它忘掉，只不过是把它藏在了不常碰触的脑海深处。说不上什么时候，他还是会把它调出来，细细地思量一番。如此的琢磨推敲，融会贯通，最后，皇天不负有心人，卡小卡终于理解了，只是那时候卡小卡已经变成了另一个人。

//

且说此时的卡小卡，虽然暂时走出了师姐自杀的阴影，但是他知道，自己永远都不会再因为自己是P大的学生而沾沾自喜了。在那之前，他仿佛戴上了一副有色眼镜，看什么东西都会看到神圣的“P大”二字；在那之后，这副神奇的有色眼镜突然不见了，他只能直接面对残酷的真实，这残酷的真实主要包括三点。

第一，随着了解的深入，他发现自己其实并不喜欢物理。他一直以为做个物理学家就是像爱因斯坦那样整天坐在家里写写算算，谁知现代物理完全变了样——每个现代物理学家都必须依附于一个巨大的研究团队，隶属于一个巨有钱的实验室，实验室中要有巨大的实验设备。他觉得物理学简直变成了一个依附在巨大实验设备上的怪物，他讨厌这个怪物。他喜欢的是单纯的思想工作，而不是整天围绕着一个庞然大物转来转去。

但更为重要的是，第二，他本以为上了大学就可以摆脱高三那种噩梦般的生活，谁知生活了一段时间之后，却发现这里跟高三没什么本质区别，他每天的生活内容基本上就是上课、自习、吃饭和睡觉。很多时候他真的不想去上课，不想写总是没完没了的作业，但是又害怕点名，害怕考试不及格，所以无论他感到多么讨厌都必须坚持着去听课。他觉得自己的生活没有任何主动性，总是被强迫着做这做那，这很不爽。

第三，他还没有找到爱情。也就是说，还没有一个天使认识到他的种种优点，他的独一无二不可替代之处。那个天使一经出现，他肯定会全身心地呵护她、爱她，她是他的唯一、他的动力、他时时刻刻都在默默朝拜的女神。

就这样，那时的卡小卡学着自己不喜欢的专业，过着自己不喜欢的生活，整天浑浑噩噩地混日子。刀哥也是学物理的，可是卡小卡发现他学得有滋有味。于是，十二月末的一天晚上，卡小卡约刀哥去吃烤鸡翅，并做倾心之谈。刀哥在人多的时候话不多，两个人面对面聊天时还是很健谈的。

听到卡小卡的困惑，刀哥说这其实也是他的困惑。刀哥整个高中三年都是在参加物理竞赛的培训，那时候成天都在做题，偶尔做的实验也是课本上规定好的实验。他以为物理就是做题加上偶尔做个实验，可是现在他发现其实越往后学实验就越重要。到了研究生阶段，每个人都是成天待在实验室的。他同意卡小卡说的，物理的确是依附在巨大实验设备上的怪物，像爱因斯坦那样在纸上写写算算就能做出伟大发现的时代早已一去不复返了。现在大多数理工类研究生都管导师叫老板，因为导师主要的事不是去搞研究，而是去外面为实验室拉项目拉钱买设备。他也想过以后就那样整天跟着老板混是不是太不自由了，但是一想如果换专业又能怎么样呢？以后工作还不是要去公司，而公司和实验室其实没什么区别。而且他学物理这么多年了，在以前竞赛培训的时候基本除了物理什么都不学，把语文历史地理什么的都落下了，转到别的专业恐怕吃不消。这样一想，整天待在实验室也没什么大不了。

卡小卡想刀哥说的也有道理，但又想自己没有参加过物理竞赛的培训，高中的时候什么都学了，那自己没必要非得学物理不可。于是，卡小卡说你说的都对，但那只适合你自己，而我可以换一个专业，比如学经济。

刀哥说，你小子别太幼稚了，学经济是搞经济理论的，搞经济理论还是要做社会调查，那和做实验没什么区别，你小子不爱做实验怎么能喜欢做调查研究？

卡小卡一想也对，然后挨个儿地想到底什么专业才不用做实验呢？文史哲！对！于是卡小卡说，文史哲不用做实验，整天就是读读写写，这很像爱因斯坦式的研究。而且我以前读过一些哲学书，读过《论语》《庄子》和罗素的《西方哲学史》，我觉得哲学很有趣，那么我就换哲学吧。

现在看来，卡小卡的这个决定似乎太草率了，他对各个专业都只有一些颇为肤浅甚至错误的了解，他竟然仅仅根据这些了解简单地做出了转学哲学的决定。我知道有些读者朋友肯定会笑卡小卡太孩子气了，然而我想请大家想想，一个在十二年应试教育体系中培养长大的孩子还能做出怎样“成熟”的决定呢？

不知不觉间，已经晚上 11 点多了。这时，伟哥给他俩发了条短信：“靠，你俩丫的嫖娼去啦？熄灯啦，还不回？”卡小卡告诉他我们在吃鸡翅。伟哥说：“我靠，吃鸡翅不叫我！在哪儿？我马上过来！”不一会儿，伟哥和强哥都来了。

聊到换专业的时候，伟哥说他也要换。伟哥本来学国际关系，想做一个外交家。可是现在突然想做地球首富，于是要学经济。刀哥跟他说学经济是搞理论的，不是为了赚钱的，学管理才和赚钱沾点边，于是伟哥决定学管理。强哥学政治是他老子要求的，他不敢换。后来，大家聊到大学生活的郁闷，于是喝了很多酒。喝到差不多的时候，伟哥提议说大家应该约定明年集体破处，卡小卡欣然应约。强哥说自己要保持强势，不做性欲的奴隶。刀哥说自己只想和老婆上床，不和你们两个饥渴男乱搞。结果，卡小卡实现了约定，伟哥则把处献给了自己的右手。后来，大家都喝醉了。醉了之后，卡小卡既感到很开心又感到很孤独，感到开心是因为那时候四个人胡乱地搂搂抱抱非常尽兴，感到孤独是因为卡小卡觉得他们三个跟自己都不一样。

期末考试卡小卡的成绩还不错，平均分比伟哥稍高，跟强哥差不多，比刀哥稍低。

寒假回家后，卡小卡说要转学哲学。他的父母问哲学是干什么的？是不是以后能当大官？他的父母经营了点小生意，年轻时深受穷困之苦，中年后又饱经人间沧桑巨变。他们根据自己的人生经验，总结出“只有当大官才能出人头地”的结论，所以，他们一直希望自己这个天才儿子能去当大官。卡小卡不想当大官，但是又不想残忍地打破父母对自己的高期望，于是他就含糊地说当大官的确需要很高的哲学水平，你们放心吧，自己肯定会有一个美好的前程。然后，他们就同意了。

一开始，因为不适应大学里处处都要排队的独立生活，卡小卡总想家。不过很快，他就不喜欢回家，不喜欢生活在父母身边了，因为他认为父母不能真正理解他。这不是说父母对他不好，恰恰相反，父母对他都太好，好得不能再好——他一回家，他们就变着花样给他做好吃的，他们自己省吃俭用却给他买名牌，他们还在每一个熟人面前不断地夸他聪明懂事。卡小卡是家里的骄傲，因为众所周知他考上了 P 大！卡小卡讨厌他们这样对待自己，讨厌自己成为他们全部生活的中心，讨厌他们自己舍不得吃舍不得穿却舍得对他大手大脚。他觉得他们无形中给他带来了太大的压力，让他很累；他认为自己真正在乎的是一种内在的、深刻的沟通与理解，而这些他的父母从来也没有给过他。正因为如此，他忍受不了长时间地待在他们身边，因为他觉得他们对待他的方式太容易培养他的娇气、惰性，太容易抹煞他的锐气，不利于他作为一个男子汉、一个未来思想家的成长。他总是刻意地与父母拉开距离，他觉得从小到大父母对他的影响很小，小到几乎可以忽略不计。他认为，爱因斯坦、卡夫卡、牛顿、庄子、李白、村上春树、薛定谔等等这些为他所钟爱的虚无缥缈的名字才是对他的人生产生实际影响的人。然而，他觉得自己是爱父母的——以自己独特的方式爱他们，他采取的策略是对父母说一套做一套，只报喜不报忧。他很关心父母，希望他们生活得幸福，但是他很少主动给家里打电话。每当父母给他打电话时他总是一副很开心的样子，哪怕那时他的状态非常不好，他也要假装很开心，以欢快的语气报告自己欢快的大学生活。父母爱他，却没有真正理解他；他爱父母，却总想逃避他们的关心呵护。他认为自己是孝顺的，还有什么比不让父母为自己担心更重要的呢？哪怕为此要付出误解的代价……诸位看官将会发现，不久的将来，这种微妙的“误解”也是把卡小卡一步步推向没有归宿的处境的凶手之一。

冬天很快在一片新绿中退场，开学伊始，卡小卡便准备去系教务办公室商量转专业的事。他从来都不喜欢去老师办公室，因为他觉得到了人家的地盘太受拘束。他讨厌受拘束。

卡小卡的班主任是一个五十岁左右的面善女人，她很博学，对什么都懂一点，话很多，和别人聊天时经常会做向对方稍稍仰一下头，同时说声“噢”的动作，表示自己说的话是正确的，你也肯定会同意。比如寒暄了两句后，班主任说：“咱班踢球最好的还是×××（那个男生的名字），噢。”说“噢”的时候，便朝卡小卡做了那个稍稍仰下头的习惯动作。

这个动作让卡小卡感觉很不舒服，似乎做这个动作之后，卡小卡便不得不同意她的话，否则就破坏了他们之间和谐的气氛。卡小卡本来认为自己才是班里踢球最好的，但奇怪的是卡小卡却附和着说：“对，他脚法好，速度快，视野开阔，最重要的是组织能力强，他真的是超级厉害！”卡小卡这么一论证，似乎那人踢球最好这件事是确证无疑的事实了。

班主任对这个说法表示满意，点了点头，然后忽然想起来什么似的说：“对了，你来找我有什么事？”

卡小卡也一副恍然大悟的样子，说：“对，是这样的，我想转专业，想跟您来商量商量，我都要经过哪些程序。”

“转专业啊，你想转成什么专业？怎么不想学物理了呢？”

卡小卡正要说话，见班主任点头示意了一下，然后起身去接水，卡小卡便也跟着来到饮水机旁。班主任用一次性杯子给卡小卡也接了一杯，各自又坐下后，班主任又示意了卡小卡一下，意思是现在说吧，咱们慢慢聊。

卡小卡呷了一口水，抿嘴咽了一下，说：“是这样的，我想学哲学。”

听到“哲学”二字，班主任似乎很诧异，稍稍睁大了眼睛，问道：“为什么呢？学哲学的人很少啊，咱们班上学期有三个，后来他们都说要转别的专业呢。你一个理科生，怎么倒想学哲学了呢？”

卡小卡实话实说道：“是这样的，我不想学物理了，因为我发现我不喜欢做实验。哲学不用做实验，而且我以前读过几本哲学书，觉得哲学很适合自己，所以想学哲学。”

班主任略微笑了笑，好像表示他的想法太幼稚，说：“哲学这个专业不适合普通人，学好哲学只靠努力是不够的，还必须具备那种哲学家的气质，噢。你看那些成为大哲学家的人都有点不正常，噢。哲学容易让人变得偏执，不偏执的人往往学不好哲学，噢。普通人都对哲学有偏见，他们都觉得学哲学的人不好相处，你能忍受这种偏见吗？再说我看你上学期的成绩很不错啊，不是学得很好吗？学物理出国也容易，噢，你再好好想想，噢。”

卡小卡有点诧异，本能地反驳道：“哲学家也不是都不正常啊，孔子、亚里士多德、马克思不都是很好的人吗？再说如果我不喜欢物理，出国也还是照样不喜欢啊。”

班主任又笑了笑，说：“大哲学家我们不说，在日常生活中学哲学的人可都是有点偏执的，噢。但是呢，我说偏执不是贬低的意思，而是说学哲学的人见解都很独到，噢，能坚持自己的看法，噢。这个你不要误会。如果你坚持学哲学呢，我也同意。但是你要做好准备，学哲学的到时候不好找工作，噢。这个你考虑过了吗？”

那时心高气傲的卡小卡当然不屑于考虑找工作这种俗事，他考虑的是自己将来要做孔夫子还是做马克思，但是他又不想跟班主任多废话，便说：“这个我也知道，但是没问题，无论学好什么都不愁找不到工作。”

“也是，你很聪明，噢，好好学，肯定能学好，噢。”班主任的笑容很和善，她继续说道，“那你先去写一份转专业申请，我给你盖个章，你再拿到系主任那里盖个章，然后把申请复印两份，一份留在系里，一份送到学校教务处。好吧？”

卡小卡写完申请，盖完章，便去找系主任。系主任不免又问这问那，聊了一通。然后，卡小卡便把申请送到学校教务办公室了。想到自己从此可以在哲学领域里继续做爱因斯坦梦，他突然觉得自己来实验班真好，因为如果当初去物理学院可就没这么容易说转就转了。

//

不过很快，卡小卡又陷入了困境，他发现自己对上哲学课的兴趣也不大。他幻想自己能接触到这样的哲学——他一遇到它就迷上了它，它的观点新颖敏锐，给他带来了巨大的启发，让他能更深刻地认识他自己和这个世界，让他在一股强大的内在动力的驱使下去疯狂地学习它，让他心甘情愿地把自己所有的精力都用于理解它、解释它、超越它，让他在它的引导下走上一条通向真理，通向大思想家的道路。卡小卡的幻想落空了，这样的事情从没发生过。他在哲学课堂上找不到这样的哲学，他看到的仍然是必须要在作业和考试的外在压力下去背书的传统模式，他又开始讨厌去上课了。因为转专业过来，他落下了一个学期的哲学课，必须要补上，这样他就要比别人上更多的课。而且现在实验班只有卡小卡一个人学哲学，他完全是课堂上的陌生人，谁也不认识他，他也不认识任何人。选择哲学是个错误吗？下学期还要再换一次专业吗？要换什么呢？如果自己还是没兴趣该怎么办？必须要把自己改造成仅仅为了考试为了找工作而学习的机器人吗？

社团里没有考试没有作业，参与者单凭个人兴趣联结在一起。卡小卡原本对社团活动抱有很美好的憧憬，可随着一些事情的发生，他对社团活动的热情也慢慢冷却了。协会固然履行了自己的承诺，但是履行的实际情况却不尽如人意。

有一次，科文协会果然把国内几个小有名气的科幻作家请来了，名之曰“全国著名科幻作家交流报告会”，有了这个名头，敝会自然是三生有幸，蓬荜生辉。不过那实际上就是一“新书签售会”——只见每位作家热情洋溢地介绍一下自己的新书，再互相吹捧一番，爆点料，然后就开始当场签售。如此看来，所谓“交流报告会”的真正意思是“报告你我出了新书”，然后自然是“你用你口袋里的人民币和我的新书来交流交流”。

天体学会组织了几次用望远镜观星的活动，但是参加活动的人太多，每个人简单看两眼活动就结束了；还组织了几次讲座，不过做讲座的老师大多是随便应付一下，要么就是把自己平时的讲课稿重读一遍，要么就是像哄小孩一样讲一些谁都知道的常识。

卡小卡对这些东西虽然有点反感，但还可以忍受，他同情地想协会的会费太少了，不足以支撑其开展真正有价值的活动，才造成现在的阳痿局面。

但对接下来的事情，卡小卡就有点不能忍受了：在每个学年社团选举前夕，几乎每天都有人无故请卡小卡和一些不同的会员吃饭。最开始，卡小卡还不知道是啥意思，天真地猜想社团是不是马上就要共产极乐了？还是他们要搞一个新的地下党什么的，事先联系下同志们的感情？后来，卡小卡发现每一个请客的人都要在饭桌上假惺惺地表白自己对本协会的真挚感情，看那架势恨不能抱着对之大吼一声“山无棱，天地合，乃敢与君绝”才罢休，他们还总会拐弯抹角地自夸自己的组织领导能力，并同时巧妙地贬低下竞争对手，有的还干脆直接向卡小卡保证：如果他/她当上了会长，那他/她永生都不会忘记卡小卡的大恩大德，并随时准备提拔卡小卡个一官半职什么的。这时，他才恍然大明白：原来你小子是在拉选票啊！想拉选票你直说啊？不说我怎么能知道呢？……

卡小卡慢慢意识到，当社长可是个他哥的肥差啊！不但评各种奖学金的时候会加很多分，而且在将来找工作的时候这也是吹牛的资本啊！既然这样，卡小卡为什么不去竞选一下呢？其实，这卡小卡也不是没想过，如果谁愿意把自己的会长职位禅让给卡小卡，那他肯定当仁不让。但是呢，我们知道，卡小卡多少有点理想主义倾向，他讨厌这个竞选过程，讨厌偷鸡摸狗搞行贿，他看不起一帮人为了屁大点的会长职位而在背后互相攻击揭短，争个你死我活。所以，他越来越失望，以至于后来他基本不参加社团活动了。

课堂和社团都让卡小卡不爽，他又开始孤僻了，他给自己找的一条出路是读书——独立地读书。图书馆成了他的最爱，他一有空儿就往图书馆跑，甚至经常翘课去读书。他重读了卡夫卡（高中时代他就读过），他认为《审判》这本纯粹梦幻之书，这本囊括了一切绝望之书，简直就是自己内心深处迷宫的真实写照，他觉得某种意义上小说主人公K的故事和自己如出一辙——他们都是莫名其妙地被抛入了某种没有归宿的处境中，自己却无力改变这种处境，所能做的也唯有等待着某种莫名其妙的东西的审判。

顺着卡夫卡的线索，卡小卡找到了尼采。尼采是一颗思想原子弹，他肆无忌惮地批判传统，杀死了上帝，他颂扬生命本能的那种向强的意愿，并且大声疾呼要重估一切价值。尼采给人的感觉和卡夫卡完全不同，但为什么所有人都说卡夫卡受到尼采的很大影响？

卡小卡也找到了罗伯－格里耶，有人说，在艺术上罗伯－格里耶是卡夫卡最好的继任者，然而他的小说为什么没有时间和地点，甚至连人物和情节都模糊不清？卡小卡为什么读不懂他？难道卡小卡也没读懂卡夫卡吗？

他还找到了米兰·昆德拉，这位卡夫卡的老乡似乎对故事情节的描写很没有耐心，总是简简单单一笔带过，然而他的小说中却总是有大段大段的思维漫游，这算什么意思？卡夫卡为什么从来不会这样做？昆德拉为什么自称继承了卡夫卡的艺术遗产？他们的东西还算是小说吗？小说到底是什么？哲学又是什么？它们的界限在哪里？……

就这样，那时的卡小卡整天半懂不懂地啃着他们的著作，想着这些半生不熟的问题。

读书会让卡小卡暂时忘掉自我，但总有累了、烦了、没有状态的时候，那他就去看看电影、听听音乐、踢踢球什么的。不过这些还不够，所有这一切都不能让卡小卡快乐起来，他讨厌课堂，他反感考试，他担忧自己的前途……他越来越感到孤独郁闷，他不知道该怎么办。不过，他认为能够治好他的东西，如果到来的话，那将会是爱情。

他信仰爱情的力量，那个他所爱的人、那个命中注定的人，一旦出现，他立即就会得到改造，甚至得到彻底全面的改观，他确信这一点。

Chapter 2
爱情

有一种东西
它会在整个夏天的夜晚
像风一样突然袭来
让你猝不及防
无法安宁
与你形影相随
挥之不去
我不知道那是什么
只能称它为爱情

——余虹

每一节课都有很多女生是卡小卡想认识的。3月末的一个下午，在上“庄子哲学”课时，卡小卡就成功地认识了一个。她叫旸，那节课偶然坐在卡小卡的旁边。卡小卡看她没带书，便把自己的书放在两人中间一起看。下课时，旸说有很多问题没听懂。卡小卡看她长得很漂亮，于是声情并茂地给她长篇大论了一通。卡小卡讲得兴致勃勃，看样子连续讲个三天三夜都讲不完。旸说抱歉，我下节有课，你能不能以后再给我讲？卡小卡说好，那我们交换一下联系方式吧。于是，旸在卡小卡的本子上写下了自己的姓名、QQ号和手机号。卡小卡看着那娟秀的小字，怦然心动。

走在绿意渐浓的校园路上，卡小卡陶醉地回味着刚才的一幕幕：她的声音温柔，说话口音很奇怪，似乎每句话都要拐好几道弯，实在好听极了；她长得眉清目秀，笑起来的样子特别甜；她的身高中等，刚刚到卡小卡的肩膀。卡小卡只知道这些，其他的还没来得及观察。不过没关系，这些就足够了，卡小卡决定要追她。

回到寝室，卡小卡首先打开电脑，加了旸的QQ。卡小卡看到她的网名叫轻舞飞扬，签名档上写的是“一直很安静”；而自己的网名是KKK，签名档是“妈的不爽”。卡小卡觉得自己的太丢人，配不上人家，于是他苦思冥想，参考了四书五经和牛津词典，并综合了古今中外文学哲学名著和经典电影，终于灵感迸发，把自己的网名改成Flyyying，签名档改成“君子以厚德载物，自强不息”。然后，他考虑到以后要给旸讲庄子，便关掉电脑，开始看《庄子》。无奈庄子的吸引力没有美女大，他眼睛瞪着庄子，思维却在逍遥游。他想起自己还没有问她是哪里人呢，也不知道她学什么、现在大几。又担心刚刚自己的表现是否太白痴——就像自己一贯在女生面前所表现的那样？是否自己说话时语速太快，让人感觉不舒服？是否自己着急的时候又开始胡编乱造，不争气地脸红？她是怎样看待自己的呢？忽又想起，她是不是已经有男朋友了呢？这个念头让卡小卡很不安，脸上有点发热。

为了制止自己胡思乱想，卡小卡晃了晃脑袋，按按太阳穴，趁着寝室没人，大声地读起来：

庄子与惠子游于濠梁之上。庄子曰：“鱼出游从容，是鱼之乐也。”惠子曰：“子非鱼，安知鱼之乐？”庄子曰：“子非我，安知我不知鱼之乐？”惠子曰：“我非子，固不知子矣；子固非鱼也，子之不知鱼之乐全矣。”庄子曰：“请循其本。子曰‘汝安知鱼乐’云者，既已知吾知之而问我。我知之濠上也。”

晚上，卡小卡和旸在网上聊天了。以下是聊天记录：

Flyyying：你好啊！

轻舞飞扬：好：）

Flyyying：你说话真好听哪，一句话要拐三个弯，跟唱歌一样。

轻舞飞扬：汗……你说话也拐弯呢，只是一句话只拐一个大弯。

Flyyying：呵呵，东北人嘛～你看我体型这么彪悍，轻轻松松就能把你拎起来揣兜里～

轻舞飞扬：呵呵，觉得你好高哦。我是海南的，呵呵。

Flyyying：难怪，我听说海南人天天吃鱼，所以长得都很漂亮（其实卡小卡在瞎编）。

轻舞飞扬：啊？你听谁说的啊？

Flyyying：听一个师姐说的啊，她也是海南人，我只见过你们两个海南人，果然都很漂亮的。

轻舞飞扬：晕倒……你可是哲学系的啊，怎么还会相信这种话呢？

Flyyying：ft……第一，我不是哲学系的，我是实验班的，嘿嘿；第二，其实我很笨，盲目相信了伪科学，下不为例下不为例，呵呵。

轻舞飞扬：呵呵，我是中文系的，我看你给我讲的那么好就以为你是哲学系的呢。

Flyyying：过奖过奖~你是中文系的为什么要学庄子呢？

轻舞飞扬：因为我们大一的要求必须要选修两学分的哲学课或历史课，我什么都不会，就随便选了庄子，以后你要多给我讲讲哦。

Flyyying：这样啊，没问题，虽然我也是大一的，但是我以前读过几遍庄子，算是比较熟悉吧。

轻舞飞扬：呵呵，可真是谢谢你哦：）

Flyyying：小生莫大的荣幸，还望姑娘多担待~

轻舞飞扬：呵呵，flyyying是什么意思？

Flyyying：你看过王家卫的“阿飞正传”吗？那里有一句台词：“我听说这世界上有一种鸟是没有脚的，只能够一直飞呀飞呀，飞累了就在风中睡觉。这种鸟一生只能下地一次，那就是它死的时候。”flying是普通的鸟在飞，表示一种状态，flyyying是这种无足鸟在飞，那是一种生活。

轻舞飞扬：呵呵，我没看过，不过听你这么一说，我一定会去看看的。

Flyyying：王家卫真该好好谢谢我，给他拉过来一位这么漂亮的影迷~

轻舞飞扬：sigh……我以前看过他的《重庆森林》，感觉完全看不懂……

Flyyying：呵呵，我一开始也看不懂，不过他的几部电影我都反复地看过好几遍了，所以多少算是懂一点了吧~我觉得《重庆森林》里面阿菲的角色就有点庄子的味道，他们都是那种能很好地生活在自己为自己营造的特殊生活中的人。

轻舞飞扬：听起来你真的很适合学哲学哦，看电影都看得这么深刻~

Flyyying：哪里哪里，过奖过奖~

Flyyying：要不要我现在给你讲庄子？

轻舞飞扬：快断电啦，我晚上没智商，以后再讲好吧。

Flyyying：呵呵好的，明天是周六，你有事吗？我们一起去自习吧？

轻舞飞扬：明天早上我要去开个会，大概九点半结束，然后我再去自习，你先给我占座好吗？

Flyyying：好的好的，我占了座之后给你发短信。

轻舞飞扬：嗯，3X：）

Flyyying：那明天见，晚安。

轻舞飞扬：晚安：）

旸竟然答应了和卡小卡一起自习，这差点让卡小卡喜极而泣。为了明天那伟大的自习，卡小卡决定早早上床睡觉。哪知因为太过兴奋，他很晚才睡着，以致第二天一醒来就已经九点半了。卡小卡想完了完了全完了，然后垂头丧气地去洗脸，回来时看到旸给自己发了条短信，道："猪头，还没起吧？我给你占座了，在图书馆二楼××××。"

看到这儿，他简直再一次喜极而泣——"猪头！嘿！我是猪头！嘿嘿，这么暧昧的称呼！有戏！哈哈！"他兴高采烈地奔了出去。那是初春的时候，正是北京一年中难得的温暖时节。卡小卡看那天风轻云淡，心情那叫一个——爽！

找到旸，卡小卡先是朝旸咧嘴傻笑，表示歉意，然后坐在旸的旁边。P大图书馆坐落在园林区的边上，它被高大的梧桐树围绕着，很多不知名的小鸟在树上飞来飞去，叽叽喳喳叫个不停。图书馆自习室靠窗户的位置最能享受到这样春意盎然的美景，在学习累了时听听风吹鸟鸣，甭提有多惬意，所以靠窗户的位置是最抢手的。无奈他们去晚了，没抢到好位置，不过离窗也不远。卡小卡一边想着美事，一边看窗外的美景，不知不觉间看呆了。这时，旸轻轻地推了他一下，朝他甜甜一笑，卡小卡方知自己刚才失态，不禁觉得有点脸红，于是狠命地把思绪收回来，继续读《庄子》。

很快就到了午饭时间，他们就近去一家食堂吃了午饭。吃完饭，旸提议先去散散步，她说："我刚吃完饭就爱困，先去走走才能清醒一点。"

卡小卡想女孩都柔柔弱弱的，男人应该好好照顾她们才是。

卡小卡本来没有这习惯，但是今天也顺口说："是啊，我也是，今天天气好，走一走对身体也好。"说完，卡小卡又后悔起来，好好的，干吗说什么身体好不好呢，这不是让旸误以为自己身体不好吗?

旸似乎没太在意，她想起今天早上的事，于是笑着问："你不是要给我占座吗？怎么那么晚才起来?"

卡小卡想到昨晚因为太兴奋睡不着觉，觉得很不好意思，只是说："昨天睡太晚了，对不住对不住，下不为例下不为例。"边说边朝旸傻笑。

"我知道你们男生一到周末就很晚才会睡觉的。"旸抬头看着卡小卡，眼神很澄澈。

卡小卡忙说："是啊是啊，周末晚上不断电，我们要看看电影讨论讨论问题什么的，呵呵。"其实，看的多半是"不健康"的电影，讨论的也不过是哪个女生屁股翘哪个女生会发嗲之类的问题。

那时，他们正漫步在一个古朴的大院子里，院子中央是一块比足球场还大的草坪。草坪中间有歪歪斜斜的小道，草坪两边是一个一个的小四合院。这些四合院是一些小型院系和小型研究所的所在地，哲学系和中文系都在其中。

当他们走到哲学系门前时，旸问卡小卡为什么要选哲学，卡小卡照实说了一通。

旸想了想，说："我要是在实验班就好了。我本来想学新闻，因为我在高中时一直是校报的记者，可是我高考分数不够，只好选中文了。"

“那为什么不去别的学校呢？”

“因为当时的分还挺高的，老师、家长都说去别的学校可惜，就来了这里。”旸的语气中透出一丝无奈。

卡小卡想安慰安慰旸，可是一时不知道说什么好。后来，卡小卡说要给旸讲《庄子》，旸说还有作业没写完，写完再说吧。于是，两人就回去自习了。

自习的时候，卡小卡一边看书一边重温刚才和旸的一席聊天。卡小卡想，旸是那么温柔优雅，自己则是那么粗鲁；旸也爱笑，可是人家笑起来是那么好看，而自己的笑则显得那么傻。想着想着，不禁自卑起来。卡小卡转念又想，自己毕竟是男生，男子汉应该有冲天豪气，不应该在乎这些小情小调，以后应该多照顾旸一点。就这样，他们整个下午都在自习。其间，卡小卡几次帮旸去打开水，他觉得自己脚步轻飘飘的，似乎比平时额外多出一分力气。旸写完作业之后，已经是晚上了。卡小卡提议去有名湖边散步边讲《庄子》。他讲得滔滔不绝有声有色，旸静静地听着，时而提出这样那样的问题。讲着讲着，已经快到熄灯的时间了，卡小卡便把旸送到寝室楼下。分手之前，旸开玩笑说：“真是听君一席言，胜读十年书哦。”卡小卡颇有些不舍，只是傻呆呆地问：“明天还出来自习吗？”旸爽快地答应了，并笑着说：“这回轮到我占座喽。”卡小卡不好意思地笑了笑，说明天一定早起。

//

卡小卡洗漱完毕就上床准备睡觉，寝室的人颇觉诧异，伟哥问：“你丫今天怎么这么痿？”

强哥抢过来说：“今天坦哥跟一个MM约会了哦，我在图书馆可都看见了。我跟你打招呼，你小子都不理呢。”

卡小卡无奈地摊开双手，说：“怎么可能？我真没看见你啊！”

刀哥不知在干啥，突然缓过神来，问：“谁？谁跟谁约会了？”

伟哥在那边又是尖笑又是叹气，说：“我这么帅都没泡到妞，你倒是勾搭上一个！怎么样？上了没？”

那边强哥回刀哥道：“是坦哥啊，那女生长得蛮漂亮的哦。”随即转向卡小卡说：“算你小子有福气！”随即又转向伟哥说：“你小子当上地球首富之后，那美女还不一堆堆地往你怀里钻啊！”

伟哥又开始贱不啦叽地爆笑。

卡小卡半天插不上嘴，此时只能无奈地说：“你们就编吧……”

刀哥又问：“她是哪个系的？你们怎么认识的？”

卡小卡以大事化小的口气说：“就是上课认识的啦，她问我问题我给她讲，就这么简单。你们这帮小处男还是老实点，别没事就大惊小怪的。”

伟哥不爽，说：“我靠！你丫没事睡这么早干啥？小心晚上做春梦湿了小内裤。”

强哥一脸猥琐地坏笑，说："对对！伟哥说得好。"

刀哥叹息道："看来我们寝室有人要'脱光'[①]了。"

卡小卡无奈，不理他们，蒙头欲睡。被窝里难免又听到这帮小子意淫一番，伟哥自然要叹息自己这么帅为啥没有美女来表白，强哥依然是大道理——男人就应该如何如何，泡妞也应该泡怎么怎么样的妞。刀哥一般不跟他们瞎掺和，但是偶尔也会一鸣惊人。

被窝里的卡小卡自然睡不着，星期六的晚上不是用来睡觉的：伟哥的电脑几乎是个游戏机，平时别的寝室的哥们儿都爱来他这儿消遣，星期六的晚上不断电，岂有不玩的道理？即使打游戏打腻了，还要看看A片，总之星期六晚上伟哥断不能把时间浪费在睡觉上；强哥经常声称自己大志在胸，然而现实与理想往往差距太大，所以每每也和伟哥一起打游戏；刀哥倒是比较安静，或者看书看电影或者玩只有他自己喜欢的游戏。卡小卡平时也很安静，他基本不玩游戏，只爱看电影，而且一旦看到喜欢的电影便会反复看上几遍甚至十几遍。当然，卡小卡也爱看A片，不过不像伟哥那么痴迷，他很少主动找来看，多是随着伟哥一起看。强哥是"正经人"，看A片的时候也正儿八经地评论说："这个强势，好！""那个太矮，不好！"刀哥连看A片的时候都比较安静，默默地端着一杯铁观音，一边品茶一边看，偶尔会稍稍评论几句。而伟哥和卡小卡都喜欢边看边大声嚷嚷，或评论或感慨或模仿，不一而足。

卡小卡在被窝里辗转反侧，一边想着明天必须早起，不能让

① "脱光"是P大通用语，意思是"摆脱了光棍儿的生活"。

旸失望，一边却脑袋转个不停，异常清醒。在卡小卡的想象中，旸早已变成了一个天使，她圣洁却脆弱，容不得一点伤害。卡小卡宁愿牺牲自己，也不愿她受委屈。卡小卡想，如果真的到了那种危难的处境，英雄救美简直都不算功劳——那可是救旸啊！“可是，她是否有男朋友呢？”卡小卡感到困惑。复又想：“有男友又能怎么样？朋友不是一样吗？”又想：“如果她没有男朋友，她是否就真的会喜欢我呢？”随即自答道：“没关系，只要我对她好就够了！为什么一定要她做这做那呢！”卡小卡想到了“当你老了”那首诗，不禁默背起来：当你老了，头发灰白……可他只想起了这一句，他痛恨自己太笨——以前读过好多遍的怎么还不会背？！莫非是自己也老了？想着想着，不禁伤感起来。于是下床，打开电脑，把那首诗搜索出来，然后，富有感情地默读了几遍：

当你老了

当你老了，头发灰白，满是睡意，
在炉火旁打盹，取下这一册书本，
缓缓地读，梦到你的眼睛曾经
有过的那种柔情，和它们的深深影子；

多少人爱你欢乐美好的时光，
爱你的美貌，用或真或假的爱情，
但有一个人爱你那朝圣者的灵魂，
也爱你那衰老了的脸上的哀伤；

在燃烧的火炉旁边俯下身，
凄然地喃喃说，爱怎样离去了，
在头上的山峦中间独步踽踽，
把他的脸埋藏在一群星星中

卡小卡下床的时候少不了受伟哥几句奚落，卡小卡也不愿搭理他，只管沉浸在自己的世界中。读完诗，卡小卡又想起《马丁·伊登》[①]和《少年维特之烦恼》[②]来，自己会不会像维特或伊登那样傻呢？忽又想起《挪威的森林》，旸会不会像直子那样早有一个深爱的人呢？还是像绿子那样有一个正在相处而自己却不喜欢的男朋友呢？自己又会不会像渡边那样把事情做得很地道呢？忽又想起《小王子》[③]，旸是否是自己那朵独一无二的玫瑰呢？他们何时才会互相驯服成彼此的唯一呢？

有人说，每个处于热恋中的人都是抒情诗人，他们的神经异常敏感，看到什么都想情绪激动地或赞美或忧伤一番。这话用在卡小卡身上一点也不错，此时，他正处于诗意盎然的状态，读诗和自比小说中的人物并不能令其得到满足。于是，他干脆打开笔

① 穷水手伊登偶然遇到一个上流社会的女孩，很快爱上了她。最开始伊登很自卑，觉得自己配不上人家。于是，伊登努力地提高自己的修养，自学了很多的书。最后伊登变成了大作家，却发现自己爱的那个女孩是一个非常俗气的人。后来，伊登跳海自杀了。

② 维特是一个多愁善感的男孩，他爱上一个已经和别人订了婚的女孩。他们的爱情不可能有结果，最后维特自杀了。

③ 小王子住在一颗小行星上，他爱上了一朵娇生惯养的玫瑰。后来他们吵架了，小王子一气之下离家出走。小王子去了很多别的小行星，后来又去了地球。在地球上，他看到了一个玫瑰园，那里的玫瑰跟自己爱的那朵几乎一模一样，自己却对它们没有什么感觉。这时候，小王子领悟到只有自己星球上的那朵玫瑰才是自己所爱的，她是唯一的，是不可替代的，所以他便回去了。

记本，一气呵成写下了一首诗：

致木棉

一株木棉

！？。

那坚韧的远山啊！

我依然恋你。

但此刻，我必须把目光转向自己。

我像个孩子，总在一个人游戏。

别人的远去，也让我忧伤失意；

他们的空虚，却是我探索的动力；

我总在微笑。

我从未哭泣。

那么，我是只独行的老虎？

他呼啸山林，他毫无畏惧；

他满身伤痕，他勇猛不羁；

他欲统治一切。

他从不同情自己。

抑或，是只无足鸟？

他的一生只能在空中飞来飞去，

饿了，就吸风饮露；

困了，就睡在风里；

只有死亡才能让他踏实落地。

我也可能是座火山。
那么安静，让人担心；
一旦爆发，会壮丽无比？
他拥有巨大的内在热情，
却只能找到少数知己。
我愿意是棵橡树。
他们的根，紧握在地下，
叶，相触在云里。
每一阵风过，
他们相互致意。
我说的是木棉，
那柔软多姿的自己？

这诗的标题“致木棉”是反用了舒婷的情诗《致橡树》，最后一段“橡树和木棉互相依偎”的意象也完全是从“致橡树”中借用过来的。但是，在诗的主体部分，卡小卡用几个意象对自己所做的一番观照却也有一些意思。显然，卡小卡在试图从不同的视角来思索自己，想以此让自己冷静下来。可惜写完之后，卡小卡不但没有冷静下来，反而更加激动了，因为他一想到自己和旸在不久的将来会像“橡树和木棉”那样互相依偎的样子就心跳过速，恨不能立马就与旸白头偕老。可以想象在诸位看官眼中这诗写得实在很一般——如果它还能被称作诗的话，然而在我们情窦初开的卡小卡的眼中，这诗简直就成了他和旸伟大爱情的伟大见证，神圣得要比圣母玛利亚还要不容侵犯。要是谁敢当着卡小卡的面说这诗的坏话，我相信卡小卡准会找他拼命！

且说卡小卡正处在这样的神志恍惚状态中时，伟哥又开始看A片了，并且为引诱他故意把声音开得很大。卡小卡不想亵渎旸，于是免不了又胖揍伟哥一顿。不过，这A片传出来的声音倒是把他从刚才的胡思乱想中拉了出来。卡小卡不禁想，旸的裸体会是什么样的呢？旸也有性欲不曾？跟旸做爱又是什么样的感觉呢？旸是否也看这么奇怪的A片？进而想到，旸也会做错事不成？旸也应该是个普通的女孩，她跟我一样也是在应试教育体系中长大的，她和我其实是同一类人。也就是说，她的所想也应该和我大同小异。这样思来想去的时节，卡小卡觉得坦然了许多。

那时已经是深夜一点多了，刀哥已经睡下了，伟哥和强哥仍然毫无睡意，卡小卡也一点都不困。于是，卡小卡又把《庄子》拿了出来，读了一会儿，突然睡意袭来。于是，他定了早上八点半的闹钟，上床便睡了。

//

第二天一早被闹钟吵醒时，卡小卡的脑袋昏昏沉沉。然后，看到旸的短信，卡小卡登时清醒过来。于是洗漱过后，他带上昨晚写的诗，按照旸的指示去找她，并顺路买了两个大苹果。卡小卡来到旸身边时，旸正在专心看书。卡小卡轻轻地拿走旸放在凳子上的书，并把苹果放在书桌上。旸看到卡小卡，仍然是甜甜地笑了一下，然后把苹果装在卡小卡的书包里，并向卡小卡做手势表示图书馆里不让带吃的。卡小卡这才想起来，于是咧嘴傻笑，表示自己忘了。卡小卡开始预想该在什么时候把诗给旸看，可是我们的卡小卡太紧张了，在两个人默默看书的时候、在中午一起吃饭的时候、在一起散步的时候，他都惦记着要把诗送给旸，可是都没鼓起勇气。

下午，卡小卡有点困，便趴在桌子上睡了一觉。睡醒的时候发现旸也睡着了，便轻轻地把自己的衣服给旸披上。旸睡醒了之后，卡小卡约她一起出去吃苹果。

在旸去洗苹果的时候，卡小卡从远处打量了一下旸。只见旸的身材匀称，上身穿着粉色格子衬衣，下身穿着白色休闲裤，头发简单地扎了个马尾。在他的审美眼光下，旸简直就是完美的化身——不高不矮，不胖不瘦，不黑不白，这是最自然的样子；穿着普通，打扮简单，这是最纯洁朴素的象征；举止温柔，声音好听，这是他最理想的女孩儿。想着想着，他不由得看得痴了，以至于旸转过身来的时候他还在呆呆地看着，待反应过来，卡小卡才突然把手放在太阳穴上，装作在思考的样子。

旸轻盈地走了过来，把苹果递给卡小卡，问他刚才在想什么呢。

“啊，我在想爱因斯坦为什么不接受不确定性原理呢。”卡小卡的语气有点慌张。

“爱因斯坦？是编高中理科习题册的那个老头吗？”[①]

① 旸之所以这么说，是因为有很多高中理科习题册都是用爱因斯坦的肖像作为封面的。

卡小卡一本正经地说："不是，他是我们东北的一个卖臭豆腐的。"

旸咬了一口苹果，说："哦，我家里那边都是王致和的呢。"

"王致和的臭豆腐不好，里面有添加剂，不利于身体健康。"卡小卡神态自若，一副专家模样，"爱因斯坦的臭豆腐是纯天然的，做这种臭豆腐很费劲的，要把刚出炉的新鲜豆腐放到农村的厕所里发酵，放的时间越长就越臭，也就越好吃——这跟'酒是陈的香'是一个道理。根据专家论证，吃了这种臭豆腐，有利于美容养颜，延年益寿，以后我回家给你带点来，怎么样？"

旸差点没把嘴里的苹果吐出来，只见她睁大了眼睛，看着卡小卡，喃喃说道："不会吧，原来臭豆腐是这么做的啊。"

卡小卡终于忍不住了，前仰后合地哈哈大笑起来。

旸明白过来，气得直跺脚，一边说："你这个坏蛋，就知道欺负我是文科生！"一边伸手要打卡小卡。

卡小卡下意识地抓住了旸的手，足足握住有3秒钟。待突然意识到这是在进行肉体接触的时候，两人就像被电击了一下似的迅速放开手。

后来旸说，她本来又气又恨，那一刻却突然感觉到了心动。卡小卡说，他不只是心动，他的不听话的"小和尚"也跟着动了一动。

晚上送旸回寝室的时候，憋屈了一天的卡小卡终于鼓起勇气把诗送给旸了。临别的时候，只见他跟个贼似的从自己的书包里掏出一张纸，然后红着脸用颤抖的手把它递给旸，说，这是给你的。旸不知道这是什么意思，还没等旸拿稳，他就赶紧松手了，导致那诗掉到了地上。不过，他根本没注意这一切，因为那时他已经像躲炸弹似的大步流星地走开了，连声再见都忘了说，这就是卡小卡给旸送诗的情景。后来，旸对他说这诗写得本应该挺让人感动的，但是她一想起卡小卡送诗时那滑稽的行为就想笑，以至于把那诗里蕴含的诗情都给冲淡了。

如此这般，两个人渐渐熟悉了起来。4 月 23 日是卡小卡 19 岁的生日。根据对旸的了解，卡小卡推测她的家境可能不是很好。为了不让旸给自己买礼物，卡小卡就没有告诉她自己马上要过生日了。殊不知，在生日那天晚上，他们刚一见面旸就笑着对他说生日快乐，并送给卡小卡一件礼物。他着实吃了一惊，想自己前几天可是特意瞒着来的，她是怎么知道的呢？他愣了一下，然后连说了一大串谢谢。旸说把它拆开吧。卡小卡便傻笑着把礼物拆开。原来是一个黑色的钱包，钱包里面有旸写的一张小卡片，卡片的正面写着：

背面写着：

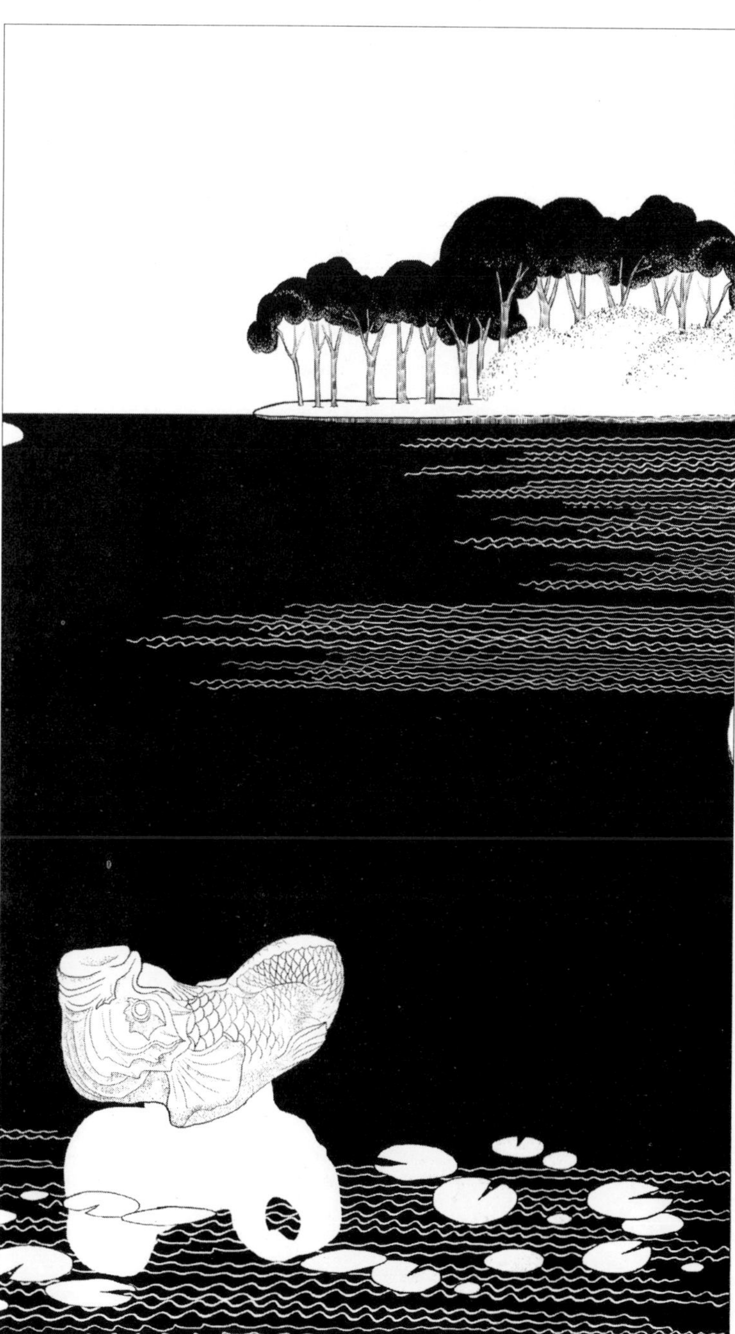

后来，卡小卡对一切都厌倦了，也就没什么可坚持的了。然而，当钱包被卡小卡弄丢了的时候，这张卡片却是钱包里所有东西中他唯一不想丢的东西。

且说那时，卡小卡把这钱包拿在手里，恨不得痛洒几滴热泪。

旸说："我看你平时把学生证、身份证、饭卡、银行卡和钱乱七八糟地往兜里一揣，怕你弄丢了自己都不知道，所以送你一个钱包，以后把这些东西都放在钱包里就好了。"旸的笑容很安静。

卡小卡一味地傻笑着答应道好、好、好，他突然想了起来，便问："我并没有告诉过你我是今天过生日啊，你是怎么知道的？"

"你猜猜看？"

"是你偷偷看了我的身份证？"

"非也。"

"是你问了我的某个朋友？"

"亦非也。"

"那是月下老人托梦告诉你的？"

"想得美！"

"莫不是你就是个仙女转世吧？"

"哈哈，有可能。"

"实在猜不出了，快点告诉我嘛。"

"那你过来低下头。"

卡小卡便在旸的面前低下头。旸在他的耳边轻轻地说："天机不可泄漏。"然后，旸朝卡小卡调皮地眨了眨眼睛，笑容变得很诡异。

卡小卡成了丈二和尚，完全摸不着头脑。他想以后旸自然会说；如果她永远不说，那这件事就会成为自己心中永远的神话——就像后来真实发生的那样，于是便不再追问。

两人一边聊天一边朝有名湖走去。那时正是春意盎然的季节，天气温暖，晚上也只需穿一件长袖单衣。湖边的树大多开了花，有了绿意。树林里有三三两两的鸟鸣，却不似夏天那般聒噪，而且此时的湖边还没有讨厌的蚊子——这正是一年中最适合有情人制造美好回忆的季节。卡小卡和旸随便地聊着，因为心情好，两人的话也多。他们开心地聊着以前的生日，聊着旧日的朋友，也聊到了儿时的往事。他们坐在一处长椅上，做好了慢慢聊奉陪到底的架势。当聊到父母时，旸突然不说话了。

卡小卡发现了旸的异样，想把话题岔开到别处去，可是，旸悠悠地说："我以前都没有跟你聊过我爸爸妈妈的情况，那是因为我不知道该怎么跟你说，我很少跟人提起。"旸顿了顿，继续说："其实，我爸爸在我上小学的时候就去世了。"说着，旸低着头，声音哽咽了。

卡小卡心里咯噔一下，不曾有过的悲哀和疼痛。卡小卡不知该说什么，只是下意识地摩挲了几下旸的胳膊。

卡小卡看到旸哭了，这更加让他不知所措，于是一动也不敢动。

旸继续说："那时候我一直都不相信爸爸没了，总觉得爸爸会在某一天重新出现。所以最开始，我都没怎么哭。后来渐渐懂得了爸爸永远都不会回来了，我才会偷偷地哭。我哭的时候不敢让妈妈看见，怕她也跟着哭。"

此时，旸已经泣不成声了，而卡小卡因为一个姿势坐得久了，屁股奇痒，但是他强忍着不敢挠。

慢慢地，旸不再哭得那么厉害了。她转过头对卡小卡说：“我已经好久都没哭过了，谢谢你。”旸的笑容很勉强。

卡小卡连忙慌慌张张地摆手说：“不！不用！”说完，他后悔自己语音太突兀，悔恨不已。

旸继续说了一些话，不知不觉，已经到了半夜，两人方回去了。

那晚，卡小卡再一次失眠。他躺在床上，一件件地回想今天的事：旸出其不意地送自己一件生日礼物，这说明旸很在乎自己；旸跟自己聊了心酸事，这说明旸很信任自己。他可以感到旸并没有男朋友，然而旸的心里到底是怎么看待自己的呢？旸是否爱自己呢？什么是爱情呢？对于这些问题，他没有一点把握。卡小卡只知道自己喜欢旸，喜欢跟旸在一起，喜欢跟旸一起自习，一起聊天，甚至想要以后一起生活一辈子。但是，旸呢？旸在乎自己信任自己，就代表旸爱自己吗？把这说成旸想把自己当作知己不也可以吗？庄子“子非鱼”的魔咒仍然在起作用，让他陷入了痛苦的煎熬。一方面，卡小卡绝不想伤害旸，他怕旸并不爱他，那样的话他向旸表白就只会伤害他们的关系；另一方面，他感到自己的全部身心都用在了对旸的爱中，他害怕如果旸也同样爱着他，那么他不给予积极的回应只会让旸心灰意冷，这也同样会伤害她。就这样，我们敏感多情的卡小卡陷入如此奇妙的悖论中，好像他怎么做都会伤害心爱的旸。卡小卡多想有人能帮帮他啊！警幻仙姑在梦中帮助贾宝玉了解了人间情事，她怎么就不在梦中也帮帮自己呢？忧伤的小王子来到地球逛了一圈儿之后，才知道他和玫瑰仍然彼此相爱，而自己要去哪儿逛一圈才知道旸是否爱着自己呢？无可奈何的时节，卡小卡决定向寝室的兄弟们求助。

第二天晚上，卡小卡买了一大堆啤酒拿回寝室，说请兄弟们开一场“泡妞战略战术研讨会”。这会开得和谐又奋进，卡小卡做主题发言后，伟哥以快刀斩乱麻的口气说：“我看，干脆来个霸王硬上弓算啦！”

卡小卡怒，说：“你丫给我滚出去，啤酒给我吐出来！”

强哥说：“你小子考虑的也太多了吧，男人就应该强势一点，想啥就说啥，她不同意就拉倒，男人嘛！”

伟哥连说：“强哥丫有道理，俗话说天涯何处无芳草，何必单恋一枝花！”

卡小卡无奈，说：“你们俩给我闭嘴，现在请刀哥发言。”

刀哥说：“依我看，强哥说的也有道理，你说总要有一个人先捅破这层窗户纸吧？”

伟哥连说：“对，丫的先捅破这层纸，然后再捅破那层膜。”

然后，卡小卡把伟哥胖揍一顿……

伟哥不服气地说：“你丫就跟我有能耐，怎么丫一到人家面前就变娘们儿似的婆婆妈妈磨磨叽叽了呢？”

卡小卡说：“你滚蛋！你丫啥也不懂。”

强哥说：“你小子平时挺好，这时候真不像男人。”

刀哥说：“马上‘五一’了，你可以约她出去玩啊，到时候不就有机会了。”

卡小卡想对啊，我要和她两个人一起出去玩几天，那接触多了自然就知道她到底喜不喜欢自己了。

于是卡小卡问，你们都知道哪里好玩？伟哥说拉斯维加斯，强哥说华盛顿，刀哥说你小子自己上 BBS 旅游版查查不就行了？

然后，卡小卡宣布散会，便去逛 BBS 了。

BBS 旅游版有很多学生自己写的对各个旅游景点的介绍，诸如怎么坐车去啊，要多久啊，有什么景点啊，旅店多少钱啊，哪家旅店好啊，吃饭问题怎么解决啊之类的问题，很全面也很实用。卡小卡要找那种既便宜又好玩的地方，找了半天，看中了京郊的几个景点，卡小卡准备晚上和旸说说。

下课后，卡小卡和旸去散步。两个人闲聊了一阵儿，他装作不经意地问道："马上'五一'了，你有什么计划吗？"

旸说，她要在五月一号去京郊的一个乡村支教一天，剩下几天就没什么事了。

卡小卡向来也喜欢教教小孩儿些东西，于是说："我也想去支教，能不能算我一个啊？"

旸说她做不了主，这是一个社团组织的，明天帮问问社长吧。随即，旸又说："不过，我估计是没问题的哦，因为这是自愿性质的，估计'五一'会有很多人不想去，人手不够啊。"

一想到既能整天和旸在一起，又可以去支教，卡小卡不禁暗爽不已。

卡小卡又问了些关于支教的具体问题，旸说："教的就是一些贫困地区的小学生，每个人根据自己的特长讲一节课。我呢，主要是教作文，很简单的，你可以教数学哦。"

卡小卡如愿去跟着支教了。给小孩儿讲课并不辛苦，辛苦的是来回要走两个多小时的山路。回来的时候，社长邀请卡小卡加入社团，卡小卡立即就答应了。他们一行七个人，大家一路笑声不断，漫长的山路轻飘飘地就过去了。他们回到P大已经是晚上九点多了，大家在一起吃了顿饭，然后就各自回去了。

回到寝室，卡小卡若有所失。他给旸发短信，问过几天还有什么计划。旸回说马上期中考试了，要多看看书。他想这自是正理，然而又颇为不甘。于是，他壮着胆子给旸发了一条信息，道："听说十渡最近在闹鬼！我可是蠢蠢欲动哦，你有什么想法？"

旸回："你这是邀请我还是吓唬我呢？抓鬼找钟馗去，别找我。"

卡小卡发："我不是要你去抓鬼，我是要你去看我抓鬼，抓回来给你煮了吃，美容养颜，千年一遇啊！"

旸回："那好吧，但不许抵赖哦，抓不来我把你煮了吃。"

就这样，旸答应了和卡小卡去旅游。

第二天一早，他们准时见面了。他们边坐车边聊天，时间过得飞快。到了十渡之后，他们找到了一家口碑比较好的农家院。可是，他们到达时，那个农家只剩下一个大床单间了。旸抗议，说换一家。那家男人说现在是旅游旺季，别人家也没有啦，要不然你们其中的一人可以和我们一家三口住，不算钱。卡小卡看那男人很厚道，就跟旸说，没关系啦，晚上我跟他们一起住。旸无奈，只得接受。然后，他们收拾好东西，背上背包，就去登山了。晴朗的天气，轻松的心情，把气氛烘托得格外美好。两个人边走边聊边照相，卡小卡很诧异自己什么时候变得这么爱说话了。

在一个瀑布前面，卡小卡让别人帮两人照了一张合影。照片上，两个人笑容灿烂。卡小卡看着照片，笑道："我以前也经常登山，但这次绝对是最开心的一次了。"

旸笑而不答。

卡小卡继续说："我以前以为旅游的意义在于饱览山河，现在才知道其实那些并不重要，重要的是人。"

旸回头看看卡小卡笑道："大哲学家，这是什么意思？"

卡小卡做捋胡子状，故作高深地说："这你就不懂了，那些名胜古迹名川大山都是死的，如果它们不对人产生作用，那它们的存在就没有任何意义，而人也不过是通过名胜古迹想到另一些人的故事。这样说来，名川大山充其量不过是一个等待被赋予价值的小角色，而只有人才能为其赋予价值，这就是说关键的问题在于人怎么看。古人说，'感时花溅泪，恨别鸟惊心'，'山水不足乐，相伴有佳人'（这一句其实是卡小卡自己瞎编的）就是这个意思。就比如说现在，跟着旸大美女你一起登这破山，我觉得这山简直比五岳还要雄伟秀丽。"

旸笑道："欺负我不懂哲学，我用脚指头想也知道你是在胡编乱造，不理你！"遂继续登山。

卡小卡仍旧变着法子胡诌八扯，不知不觉中，卡小卡觉得体内突然冒出一股豪气壮大了自己的胆量。卡小卡看到路旁有一朵不知其名的漂亮的花，便偷偷把它采下来。卡小卡背手拿着花，跟在旸的后面，脑海中预演着表白的情节，心在扑腾扑腾乱跳。旸见卡小卡半天不说话，问他怎么了？

此时，卡小卡走到旸的前面。按照预想的情节，他应该单膝跪地，送上花，以严肃的口吻说：“旸，我爱你！”哪知实际的情形是卡小卡一时僵在那里，傻呆呆地把手里的花送到旸面前，既没有单膝跪地，也没有说那三个字。他只是一边脸涨得通红，一边小声嘟囔着：“这是给你的。”

旸看到卡小卡这个样子，自己也愣住了，不知该说什么好。旸低着头，也红着脸，接下花，小声说了句谢谢，然后，继续向前走。

卡小卡懊悔不已。痛恨自己太傻太无能，恨不得狠狠地扇自己两个嘴巴子。他不知所措，只得悄悄跟在旸的后面走，两个人一时都不说话。

是旸先开的口，她轻轻地说：“谢谢你，不过以前有很多人送过我花哦。”

听到旸这么说，卡小卡有点发蒙，因为这可是卡小卡第一次给别人送花啊。卡小卡嘴里嘟囔着：“是吗……”

旸笑了一下，说：“我们高中每年元旦班会的时候，男生都会送女生花呢。记得有一次，我们班里评十大美女，我以高票被评为第一哦，然后班里的男生送了我好多红玫瑰呢。”说完，狡猾地看了卡小卡一眼。

卡小卡舒了一口气，语气恢复了正常，笑道：“你们班还选美啊？怕是谁学习好谁就评第一吧？”

旸也笑了，说：“才不是，我们那是民间选举的，很公平的哦。”

卡小卡定定地看着旸的脸，说：“想必海南人的审美眼光很拽很抽象。”

旸瞪着卡小卡，娇嗔道：“你是说我长得抽象喽？”

卡小卡忙说："诚惶诚恐，死罪死罪。"

旸做劈斩式，说："杀无赦！"

卡小卡赶紧双手抱拳连连做万福，学着太监的声音说道："奴才该死奴才该死，下辈子托生做个哑巴，再也不敢乱说话了，姑娘您就饶了奴才吧！"

这时，旸已经笑得蹲地上了。卡小卡也连忙凑上去蹲下，不知是真想笑还是假装出来的，反正是陪着笑了一通。

过了一会儿，旸跟卡小卡解释说她确实被评过第一，不过那都是同学之间开玩笑乱玩的。旸还挨个给卡小卡介绍了她的死党、她的老同学。

卡小卡专心地听着，偶尔也跟着说自己的老同学的一些事儿，还顺口说自己曾暗恋过好几个女生，但是一直没敢跟人家表白。

很快就要天黑了，他们循着袅袅炊烟回到租住的农家。吃过晚饭后，旸喊累，他们便回去休息。卡小卡还在后悔自己白天的表现，想着该怎么重整旗鼓正式地表白。他看旸懒洋洋地躺在床上，这不是适合表白的状态。于是，他去问那农家男人晚上哪里好玩。那男人说，这附近有一条河，河边有公园，那里很适合散步。他回来，好歹哄着旸一起出去了。

从农家出去步行十分钟，就到了那条河。借着月色，那河显得很清澈，河岸的一边是荒山，一边是低矮的荒草地。这草地上有几条被脚印踏出来的小路，小路的尽头是河边的几座古亭。不远处的路灯，把亭子照得微亮，卡小卡想这就是那人说的公园吧。近处的亭子里有一对男女在安静地聊天，稍远的几座都没有人，旸便挑了一个清幽的亭子坐下。彼时是晚上八点多的光景，凉风徐徐，远处有人围着篝火玩闹，隐隐传来喊叫的声音。

卡小卡又开始紧张起来，心跳不止。旸倒显得非常自在，她把头发披下来，任其随风而舞。两个人都面对着河，不时地会有几条小鱼儿蹦出河面。旸看得兴致勃勃，一会儿为它们鼓掌，一会儿咯咯地笑。这倒是提醒了卡小卡，他调整了一下，说道："我想起《庄子》里有一则'子非鱼'的故事，说有一天庄子和惠子在一条小河旁边散步聊天，庄子说你看那小河里的鱼多快乐啊，惠子说你又不是鱼，怎么知道鱼的快乐？庄子说你不是我，怎么知道我不知道鱼儿的快乐？惠子说：我不是你，所以不知道你；你不是鱼，所以你也不知道鱼的快乐。庄子说你刚才所说的'你怎么知道鱼的快乐'的话，就已经是知道了我知道鱼儿的快乐而问我，而我就是在这小河边知道的。这个故事好玩吧？它有几层意思，最直接的意思是说一个人不能完全地知道另一个人的想法。"

旸笑道："我现在就觉得这些小鱼儿很开心啊！你这个大哲学家，不要太苛刻了哦。"

卡小卡舒了一口气，说："是啊，日常生活中很少有太极端的情况，然而，有时候人也是能遇到的。"

旸似乎明白卡小卡想要说什么，她用手捋了捋头发，望着远方，说："你暗恋的那几个女生现在都在做什么呢？"

卡小卡有点蒙，不知道自己是不是说错了话，便急着说："我们早就不联系了，只是做过几年同学而已。"

旸笑道："所答非所问。"

卡小卡颇有些狼狈，又红了脸，喃喃地说："她们好像都在上大学吧，具体我也不太知道。”

旸觉察到了卡小卡的不安，对卡小卡微微地笑了笑，整理了下头发，然后低头摆弄手指，悠悠地说以前有几个同学追过她，但是她那时候觉得要以学习为重，就都给拒绝了。

卡小卡觉得这时候必须要表白了，不然可真是枉做一回男人，于是，他努力克制自己的慌乱，纠正自己变了调的声音，轻咳了一声，深吸了一口气，说：“旸，跟你相处了这么长时间，我感觉到我的生活已经不能没有你。我……希望你能做我的女朋友。”说完，卡小卡自然而然地握住了旸的手，不再脸红。

旸看着卡小卡的眼睛，也轻轻地舒了一口气，点了点头，轻轻地说：“嗯。”

卡小卡随即把旸搂在怀里，不打算再放开……

这就是说，两个小时后，卡小卡已经“脱光”120分钟了。

回到农家，卡小卡说想和旸一起住在单间，旸说不可以。在卡小卡发誓说自己不会做“不该做的事”之后，旸才勉强同意。洗漱之后，他们便躺下了。卡小卡不敢轻举妄动，只是不自在地拉着旸的手海阔天空地聊天。卡小卡述说着自己的心路历程，说旸正是自己理想中的那种女孩，说想要好好照顾旸一辈子，说两个人永远都不分开；旸也述说着自己的爱意，她说自己已经失去过亲人，永远也不想再一次失去。

当卡小卡问旸什么时候开始喜欢自己的时候，旸回答说：“当注意到你个子很高，肩膀很宽，像一棵大树的时候，呵呵，跟你在一起感觉很安全。”后来，每当两个人单独待在一起的时候，旸总是要追着卡小卡，像爬树那样爬到他的身上。这时，卡小卡会说："给我一个理由先？"旸便笑呵呵地说："攒人品啊！根据人品守恒定律，你让我爬上去，你的人品值就会增多，那么你早晚会人品大爆发的，知道不？嘿嘿。"这样算来，后来卡小卡的人品值攒到几火车都装不完，却从来都没有爆发过。

不知不觉间，已经很晚了，他们互相劝着早点睡吧。过了一会儿，卡小卡轻轻地问旸："睡着了吗？"旸张开眼睛，笑着摇了摇头。他也笑了，然后轻轻地说："我爱你！"旸说："嗯，我也爱你！"卡小卡把旸抱过来，轻轻地吻了旸一下。旸没有拒绝，但是显得有点慌张。他把自己的屁股往后挪了挪，以防止自己那早已硬邦邦的东西碰到旸。他何尝不想和旸做爱呢，只是他实在害怕因此而伤害了旸。旸闭上眼睛，不再理他。他依然握住旸的手，不知什么时候，终于面带微笑地睡着了。

//

从十渡回来之后，卡小卡和旸天天腻在一起，伟哥、强哥骂他有了妹子就忘了兄弟，非要卡小卡请客吃饭不可。

兄弟找到女友之后，请大家吃"脱光汇报餐"。这本是P大不成文的规矩，卡小卡没意见。况且他正处在甜蜜恋爱期，也正想向大家好好显摆一下自己的幸福生活。

可是，伟哥还得寸进尺，说哥儿几个都光棍着呢，应该让卡小卡把旸的室友一起叫来，搞个寝室大联谊。

强哥也跟着起哄，说这样最好，中文系的女生值得期待。刀哥不置可否，看样子也是有欣然之意。

卡小卡衡量了一下自己卡里的银子，发现还是有些余裕，请八个人去西门烤翅大餐一顿至多也就三四百块钱，还承受得起。他估摸着，根据旸的性格，她会大方地同意来聚餐，但他不确定她寝室的姑娘们会不会愿意。

卡小卡叹了口气，对兄弟们说："真拿你们这群饿狼没办法，我去问问吧，能不能成要看天意。等你们"脱光"了，看我不狠狠地宰你们一顿！"

俗话说，人不八卦枉少女。旸不但乐于参加这次聚餐，而且她还极力劝说室友们也来参加。

旸寝室的四个女生都是学中文的，只有一个叫贾敏的女生有男朋友，是从高中延续到大学的那种青涩恋爱，剩下两个也都是单身，其中一个叫李依米的是系花级别的美女，经常有男生给她写情书、送礼物，但她都不为所动；另一个虽然长相普通，白白胖胖，但是官二代小姐出身，也高傲得很。

旸费了一番口舌劝说，三个人才同意参加。其中，系花同学李依米最冷淡，这种成天有一堆男生围绕身边的女孩对寝室联谊什么的肯定兴趣不大。官二代小姐对理科男有点好奇和向往，所以愿意参加。贾敏则是因为跟男友异地恋，很苦恼，所以也愿意跟大家一起聊聊天散散心。

伟哥得知旸的寝室有个大美女，春心勃发，连觉都睡不好了。伟哥说，狮子出击之前必须要先探察好形势，方能保证万无一失。于是，他让卡小卡多向旸打听打听李依米大美女的种种问题，好提前做好准备。

在夜聊中，伟哥灵机一动，说为了增加一点浪漫氛围，我们应该向旸的寝室下一个邀请帖，这也符合中文系女生的行事嘛。

卡小卡说："人家都已经答应了，你还费那么多事干吗？"

伟哥说："这你就不懂了，礼多人不怪，人家答应的仅仅是吃饭，又没答应跟你上床。"

三人同时"我靠"了一声！

强哥感叹说："猥琐屌丝男真无敌了，看见个像样的你就往上扑。你小子别得意太早，没准人家会看上我呢，到时候我可不让份啊。"

伟哥仰天一叹，冲强哥说："你丫给我滚！这个是我先看上的，没你啥事！朋友妻不可欺的道理，你丫都不懂吗？"

刀哥很无语地插了一句："你们俩无聊不无聊啊，实验还没开做呢，就开始争论实验结果了。"

强哥说："我不管啊，公平竞争，谁有能耐谁说了算。"

伟哥说："发请帖的主意是我先想出来的啊，我先赢了一局。"

卡小卡说："要弄你自己弄，我可不参与啊。"

伟哥说："用不着你们参与，我保管会弄出一个超级无敌好的请帖来，当时就把依米同学给迷上了，嘿嘿……"

伟哥果然行动起来了，第二天，他去买了个淡粉色带有玫瑰花图案的请帖，百度了一整天的文案资料，最后从各处东拼西凑，用工工整整的字写上：

文友叙谈会请帖

时为五月，序属盛夏，小雨过后，月色如洗。因爱美景难逢，未忍就卧，夜已深沉，犹徘徊阳台左右，忽然想到历来古人即便身处名利场，犹常邀请三四志同道合之士，于山中水旁吟诗颂词，虽因一时之偶兴，每成千古之佳谈。弟虽不才，幸闻室友同仁偶谈雅音，些许识得几个字，更慕贵室诸才之文采，遂诚意邀请 37 楼 416 寝室，于周六下午五点于西门烤翅共叙文坛雅事，兼贺卡小卡与旸之良缘结成，务请诸位女侠赏光出席。谨启。

42 楼 303 寝室四大才子

写完之后，给另外三人看了一遍，三人均表不屑，骂伟哥假惺惺，酸得离谱。但伟哥意兴正浓，哼着小曲把请帖包好，递了出去。

很快，比武招亲的日子到了，一群饿狼即将闪亮登场。

伟哥买了古龙水，还抹了头油；强哥特意洗了澡，借刀哥的指甲刀剪了指甲；刀哥也穿得比平时阳光帅气。

男生们在“公主楼”下兴奋地等着，旸和贾敏、官二代小姐迟到 15 分钟，伟哥心心念念的依米同学却没来。旸给她打电话，她说有点事，让大家先去，她一会儿就到。伟哥高涨的士气受到不小的打击，心不在焉地跟大家一起走进了饭店。

还好过了半个小时左右，依米同学就来了。

依米一出现，就成了所有人目光的焦点。她衣着打扮虽然简单，但整个人散发着一股独特的女人味，尤其是那身材，足以让303寝室的爷们儿爆喷鼻血。依米和大家打了招呼，找了个位子坐下。卡小卡偷偷打量着依米，果然是个天生丽质的尤物，不像有些美女只可远观，近看之下只能看见化妆品。卡小卡吞了下口水，猛地想到自己已经是“脱光”的人了，才将目光转到旸的身上，发现旸也正饶有兴致地盯着自己，卡小卡心里咯噔一下，赶忙对旸献媚地笑笑。

伟哥来了精神，给女生倒上饮料，男生倒上啤酒，然后说：“来，为了此次文友叙谈会胜利召开干杯。”

旸打趣他说：“谁跟你成立文友叙谈会啊，你够格吗？”

强哥反应很快，笑嘻嘻地说：“就是就是，明明是为了坦哥和旸美女的伟大爱情干杯。”

旸有一点不好意思，好像她故意要大家为了这个来祝福自己似的，便转移话题，说：“还是为我们两个寝室的友谊干杯吧。”

伟哥接过话，精神亢奋地说：“你们俩说得都对，首先为坦哥和旸的伟大爱情，然后是为了咱们大家的伟大友谊干杯！”

大家也不好再说他什么，于是碰了杯，男生们一饮而尽，女生只稍微喝了喝。

官二代小姐问：“你们那个帖子是谁写的啊？”

伟哥赶紧接话说：“怎么样？写得有水平吧？”

“是你写的吗？”官二代小姐见伟哥赶紧点头，说，“真幼稚。”

伟哥脸上有点挂不住，说：“没有啦，其实是我们大家一起想出来的，我其实是很低调的人。”

卡小卡和刀哥面面相觑。

强哥做了个很夸张的无奈表情，说："我没听错吧？你要是低调的人，全天下还有高调的人吗？你小子一人做事一人当，别不像个爷们儿啊。"

贾敏同学很厚道地说了一句："其实，我觉得还挺有意思啦。文友叙谈会，虽然做作了点，但是听起来很有趣呢。"

伟哥找到了知音，赶紧说："就是就是，我当时就是这么想的。你们四个都是中文系的才女，我们这几个虽然稍微差了点，但也是读书万卷，下笔成风啊，以后我们就定期搞活动吧？"

伟哥一边说，一边用眼睛偷觑着李依米的表情。

只见李依米冷冷的，并无任何回应的意思。

贾敏同学问伟哥："你平时都读什么书呢？"

强哥抢答："他读的最多的是《知音》《女友》《故事会》，期期不落，真是饱读诗书的好青年。"

卡小卡和刀哥也跟着起哄，大家笑了一通。

伟哥极力想要辩解，但越辩大家越踩他。他实在无奈，便找到卡小卡来救场，说："对了，咱们今天的主题是庆祝坦哥和旸"脱光"成功。来，你们俩讲讲你们都是怎么"脱光"的吧？"

旸瞪他一眼说："你说得那么难听，我看你这样永远都找不到女朋友。"

卡小卡知道伟哥对依米有意思，想帮帮他，于是说："其实，小伟同学内心还是很纯洁的，只是偶尔表现得幼稚了点。只要你从今以后改邪归正，重新做人，认真学习，努力上进，十年以后还是有"脱光"的机会的。好好加油吧，兄弟！"边说他还边拍拍伟哥的肩膀。

“十年之后？”伟哥推开卡小卡的手，说：“你没搞错吧？你小子是走了大运，旸姐姐才会给你机会，考验考验你，旸姐姐你说是不是？”

旸说：“这个嘛，肯定是要继续考验的，不过他的诚意还是有的。”

卡小卡很得意，“你看吧，哥哥绝对靠谱。我告诉你，要追女生，最重要的三点，第一是诚意，第二是诚意，第三还是诚意。依米同学你说，我说的对不对？”

依米打量了他一眼，微微一笑，说：“是的，我同意，女生不会喜欢没有诚意的男生。”

伟哥正了正身子，准备要发表长篇大论，说：“其实关于诚意，我是非常具备的，我小时候——”

不料刚说到这里，依米接了个电话，打完电话后，跟大家说有事，就提前走了。

伟哥说了半截话，被卡在那里，半天都没反应过来。

从那以后，伟哥开始疯狂地喜欢上了依米。卡小卡、强哥和刀哥都认为伟哥有受虐狂倾向，人家对他越冷淡，他就越喜欢人家。为了显示自己的诚意，伟哥连续半个月每天给李依米送玫瑰花，千方百计打听依米的上课地点和生活习惯，一次次地制造“偶然”的相遇。

按照伟哥自己的说法，人生要不为了爱情疯狂一回，简直就是白活。

但从旸那里得到的情报却是，依米对伟哥不感兴趣，她说自己现在还不想谈恋爱，想专心于学业。

大家都不相信这话，他们经过数次夜聊会分析之后，认为只有两种可能性，第一是伟哥的诚意还不够，还没打动她；第二就是听说她家里负担比较重，这个时候真的不想谈恋爱，等学业有成之后再考虑。大家认为第二种可能性偏大，但伟哥偏偏认为是第一种。他把从依米那里得到的所有信息都转化成自己爱她的动力：她的家庭条件不好？那才更应该好好爱她！她有虚荣心？那是他的家庭给她造成的影响。伟哥虽然是个屌丝，但在他的想象中十年之后他就是大款，会把自己所有的积蓄都交给依米来打理……

功夫不负有心人，伟哥终于等到了一个展现自己诚意的好机会。

这几天，北京连续的雾霾天气，搞得人都病恹恹的，伟哥却精神百倍地尾随着依米上了一节全校通选课——马克思主义政治经济学。课程结束之后已经晚上九点了，外面突然下起了大雨。依米没带伞，伟哥也没带，但他赶紧去商店买了一把，递给在门口踌躇不前的依米说："你好，你忘了带伞吗？我这儿有一把，你打着回寝室吧。"

依米推让了推让，伟哥坚持要借给她，还说自己有避雨用具，然后她说声谢谢，就拿去了。她打着伞在雨中行走的时候，伟哥就淋着雨跟在她后面。她看到之后，便问他："你不是说你有避雨用具吗？"

伟哥指了指自己穿的帽衫的帽子，说："这就是啊。"

依米哭笑不得，说："那算什么啊，你来跟我一起打吧。"

伟哥欣然应往，拿着伞把，往依米那边偏，自己的半个身子都被淋湿透了，但把依米保护得很好。

依米像是被感动了，在送到依米寝室楼下的时候，依米说咱俩去车棚聊聊天。

伟哥以为依米终于要接受他了，激动得不行。

没想到依米却直截了当地对伟哥说：“你的心意我明白，我也很谢谢你喜欢我。但我们是不可能的，你不适合我，不要再浪费时间了。”说完，她便转身走了。

伟哥回到寝室，湿衣服也没脱，就直接扑倒在强哥的床上。

强哥从电脑桌前跳起来大吼，你小子给我滚起来。他走过去把伟哥往床下拽，却只拽掉了伟哥的外套。

伟哥一把拉过强哥的被子裹住自己，然后哭丧个脸说：“你丫住手，我再点儿背也不想被你脱光。”

大家都被逗乐了，强哥幸灾乐祸说，瞅你那副衰样，肯定又被甩了吧。

伟哥把经过跟大家说了，大家都不以为然，说，其实按照你的本性，即使她答应你了，你也不大可能一直爱她！伟哥反驳大家说，你们根本就不懂我的心，其实我是很专一的。大家差点没吐了。

过了几天，卡小卡还在为伟哥的事打抱不平，好奇地问旸：“依米到底喜欢什么样的男生？我们伟哥哪里配不上她？”旸一本正经地说：“伟哥看着也太不靠谱了。依我看，依米是真的不想找男朋友。”她还告诉卡小卡，自己和依米关系一直不错，后来她家里出了事，除了上课，其余时间都在校外打工赚钱，经常见不到她。上次联谊，依米本不想来，不过她知道自己有了男朋友，所以才特地来帮自己把把关的。

卡小卡又说："那你姐妹对我的印象怎么样，是不是被我的气场给镇住了？"

旸笑说："她对你的印象还在其次，我看你对她倒是很在意，一个劲地偷瞄人家。"

卡小卡忙分辩："才没有呢，我的女朋友是个天使，我怎么还会去看别人。"

说完又用嘴堵住了旸的嘴，这事才算作罢。

后来，卡小卡在校园里也碰到过几次依米，不过都是点头之交。就这样，依米渐渐淡出了卡小卡的生活圈子。

///

在临近学期末的时候，实验班主页贴出一则通知，下学期哈佛大学和实验班有一个交换生项目，大家可以自由申请。入选者去哈佛大学学习一个学期，学分通用。

P大虽然是国内最好的大学，但在跟国际上一流大学相比，还差得很远，实验班的绝大部分人几乎都想出国深造，但100多个人只有两个名额，着实需要一番激烈的竞争。

系里领导下了指令，说与哈佛大学做交换生是巨大的荣誉，不管是谁最终入选，都代表P大的整体形象，所以此事非同小可。为了保证选出来的是最合适的学生，系里决定用综合素质考评，得分最高的两个人可以去。所谓综合素质考评，不仅要考评学习成绩，还要考虑过往经历、老师评价、发展潜力等各个方面。听起来很公正，但最终的评分权在系领导手里，学生自己只能被动选择。

卡小卡寝室中刀哥学习最好，他的成绩在整个实验班都名列前茅，而且还有国际物理竞赛获奖的背景，所以他的呼声很高。刀哥很珍惜这次机会，积极准备着各种考评。

卡小卡、伟哥、强哥也暗暗为刀哥鼓劲，自己虽然没机会，但是兄弟能去哈佛那也是件高兴的事。然而，他们也只能在精神上鼓励鼓励刀哥而已，做不了什么实质性的工作。

实际上，早已有人开始在背后做动作了。实验班有一个叫张诠贵的同学，他父亲是某部委的一名官员，正在为他疏通系里的关系，想得到这次机会。张诠贵平时一身名牌，开了辆宝马，经常翘课，为人蛮横，班里的同学大多不喜欢他。但也不知道怎么弄的，他成绩竟然还可以，属于班里中等水平。

在系领导宣布哈佛交换生项目的第二天，张诠贵的父亲就通过教育局的一位姓许的处级干部，将实验班系领导薛仁宏约到了一家酒店的包间里。

薛仁宏是主管实验班事务的系行政部门的一把手，不到40岁的年纪，马克思主义社会学出身，是P大很有前途的中青年干部。平时，学生们是不大有机会见到他的，日常工作都是下面的班主任来管。

薛仁宏虽然对于学生们来说是神龙见首不见尾的大人物，但在张父和许处长面前，则毕恭毕敬，谨小慎微。薛仁宏接到邀约电话的时候，对方虽只说是朋友叙旧，但他心里很清楚是为此次哈佛交换生名额的事。

这天，张父派人将薛仁宏从学校接到酒店。不一会儿，张父和许处长带着秘书也到了。许处长和薛仁宏请张父坐在沙发的正位，他们二人则斜坐在两侧的沙发上。大家寒暄了几句后，张父说："小薛，咱们有段日子没见了。知道你是爱茶之人，前段时间去福建出差，带了几包好茶，给你带两包来品品。"

说完，张父的秘书从包里拿出一个精致的礼盒，递给薛仁宏。

薛仁宏一边说"这怎么好意思"，一边恭敬地起身接下了。

许处说："这是张总的心意，你就接下吧。"

张父说："我很喜欢和小薛这样的才子喝茶聊天，以后咱们之间要多走动。"

许处赶忙接下去说："张总一向最喜欢有学术功底、有文化修养的年轻干部，是难得的爱才之人啊。"

薛仁宏答应着："是，是，若论文化修养，我要跟张总、许处二位领导学习的还很多。"

张父说："客气，小薛太谦虚了。前段时间，我和教育局的几位老朋友见了个面，我们谈到了年轻干部的培养问题，像小薛这样有学历有能力的年轻干部不多，组织上应该多加培养。许处啊，你们也要多给年轻人一些机会嘛。"

许处长连忙应声道："是的，是的，前段时间F大才提拔了一个年轻副书记，薛主任的个人情况也很受局里重视，我看薛主任很有潜力。"

三人又聊了一会儿，秘书便来请他们入席。

一顿精致丰盛的大餐后，张父点拨道：“按说孩子在你们那儿上学，我应该常去看看才是，但是你也知道，我工作太忙，总也走不开。”

薛仁宏心领神会地接道：“请您放心，诠贵平时在学校表现还是不错的，在这届学生中综合素质很突出，将来一定能成为栋梁之材。”

张父满意地点点头，又闲聊了一会儿，说还有个会便走了。

薛仁宏在回学校的路上，心里一直琢磨：现在正是自己仕途的上升期，每一步都很关键。自己有个同学是清大的一位年轻干部，还是个海归，很有才干，但苦于上面没人帮他说话，结果好几年了还原地不动。想到这里，薛仁宏心中便打定了主意。

就这样，张诠贵入选了，刀哥则没选上。据说，张诠贵递交给哈佛的简历非常漂亮，说他是学生会领导，又是社团主席，在哈佛的审核官那儿竟然通过了。

交换生名额确定后，同学们都很意外。坊间流传着各种小道消息，大家都感到不服气，暗中痛斥张诠贵卑鄙无耻，但也无法改变这个现实。

刀哥落选后，303 寝室的哥们儿都为他感到不忿。尤其是伟哥，他本来就和张诠贵有仇。上学期，伟哥曾经追求一个女孩，未遂，后来，那女孩竟然被张诠贵泡到手了，然后没过俩月又被张诠贵给甩了。伟哥早就恨得咬牙切齿，再加上此次哈佛交换生事件，他发誓非要教训张诠贵一顿不可。

刀哥虽然感到很遗憾，却很克制地接受了这个事实。但是，经伟哥这么一吵嚷，把卡小卡和强哥的火也挑了起来，纷纷表示要支持伟哥干他一顿，刀哥也有点蠢蠢欲动。

不过，大家分析之后，觉得伟哥的实力远不如张诠贵。如果正面交锋，被教训的那一个肯定是伟哥。伟哥痛苦地嚎叫了几分钟，突然灵机一动，想到了一个办法。

后天的思想品德修养课上，张诠贵要做一个 PPT 报告，伟哥的计划正是要在这个 PPT 上做文章。其他哥们儿闻得此计，大呼过瘾，狂笑不止。据称，只有伟哥这样猥琐之人，方能想出如此猥琐的妙计。众人将此计划暂定名为“猎犬行动”。

第二天，伟哥依计行事。他找到张诠贵寝室的一个哥们儿做内应，这哥们儿是伟哥的老乡，伟哥先将他与张诠贵的深仇大恨添油加醋地讲述了一番。这哥们儿一向讨厌张诠贵的为人，便欣然应允，加入“猎犬行动”。

强哥得知伟哥拉了外援，问道：“你小子找的内应靠谱吗？”

伟哥说，这人很靠谱，他绝对不会对老乡做出那种不仁不义的事。再说，现在必须要拼一把才行，不能顾虑那么多了，爷们儿做事就要当机立断！

晚上，内应果然带来了重要情报。他锁上门，悄悄地拿出 U 盘跟大家说：“张诠贵的 PPT 在这里面，今天下午还在寝室跟我们显摆来着，是他老子的秘书帮他做的。这会儿，他出去会美眉了，你们赶紧做，我一会儿再放回去。”

伟哥赶紧从电脑里找出了事先 PS 好的五张劲爆图片，按照顺序插入 PPT 中。做好之后，又向大家完整地演示了一番，大家窃笑不止，连说很好很好。

行动当天，强哥、卡小卡、刀哥跟着伟哥去上思修课，大家怀着激动的心情等着一场好戏的上演。

只见一个穿着中山装、气质古板的瘦小老头走上讲台，慢条斯理地讲起了开场白：同学们好！我们思修课是教育部规定的全校公选课，我知道你们这一辈的年轻人大多不觉得这门课有意思，认为这些都是说教。我想，我们应该在上课形式上做一些创新，要加大学生发言参与的成分。让我这个老头子在上面干讲两个小时，可能不如你们用十分钟的时间把自己的心得体会讲出来与大家分享。今天，我们请张诠贵同学为大家宣讲。

下面一片掌声，尤其是从伟哥、卡小卡他们那里传来的掌声最热烈、最持久。

张诠贵上台，打开 PPT 照着念了起来：大学生的思想品德修养是人生观的根本，我们不仅要在理论上，更要在实践上懂得这些道理。比如，在我们日常生活中，我们应该做到如下的行为——

PPT 翻到下一页，画面上赫然呈现出一对浑身赤裸的男女在 XXOO 的图片，仔细一看，那个男主角的头像正是张诠贵。

张诠贵看到这里顿时呆住了，嘴就那么半张着，愣在那里足足有两秒钟。他下意识地连翻了几页 PPT，都是这样的劲爆图片。这时，台下早已乱哄哄，男生吹口哨起哄，大部分女生红着脸掩面偷笑，有几个胆子大的也跟着男生一起起哄。至于那老师，脸都绿了。

卡小卡、伟哥、刀哥、强哥四个人笑得肚子疼，偷偷溜了出来，庆祝“猎犬行动”圆满成功！

后来，这件事被好事的学生发到了 BBS 上，并迅速被顶到十大热门排行榜，张诠贵在全校彻底出糗了。

学校认为这件事影响恶劣，声称要严肃处理，但实验班的同学都不大配合学校的调查，最后只得不了了之。没过多久，张诠贵去了美国。

恶作剧事件之后的一天，班主任把刀哥叫到办公室，语重心长地说：“系里知道你是非常有潜力的理科苗子，眼前有一个美国纽约州立大学的交换生机会，你愿不愿意？”

刀哥心里明白，学校是为了哈佛的事安抚他，虽然不大满意这所大学，但觉得学校还是重视他的，专门考虑他个人的情况，他也愿意领这个情，于是就同意了。

哥们儿都为刀哥感到窝火，说刀哥不应该就这么同意了，凭他的能力应该去更好的学校。刀哥大度地说，还可以啦，这只是一个学期的交换生而已，而且不管怎样，纽约州立大学总要比 P 大好一点嘛，值得去看看。

虽然有这些小插曲，不过因为有旸的存在，这个学期后来的日子是卡小卡一生最幸福的时光。那时，他们天天一起自习，一起散步聊天，分享彼此的快乐和忧伤。他们还经常一起去支教，支教时卡小卡觉得自己的人生充实了许多。虽然卡小卡仍旧不时地会犯“不想上课，不想写作业”的毛病，但是为了旸，卡小卡觉得这点痛苦都是像蘸了蜂蜜的黄连一样甜丝丝的。

那个学期的期末考试，卡小卡门门功课都拿了高分。暑假，旸本想回家陪妈妈，但卡小卡舍不得和旸分开，非要旸陪自己选暑假小学期不可。旸无奈，只好答应。小学期的课程很轻松，每天只有两个小时的课，剩下的时间两人要么看书、看电影，或者随便散散步，倒也过得轻松惬意。那时候，伟哥刀哥强哥都回家了，寝室里只有卡小卡一个人住。卡小卡三番五次地想让旸留下一起住，旸总是找理由拒绝。

一日，他们两个人在卡小卡的寝室闲聊。卡小卡把门反锁好，死皮赖脸地要给旸读《黄金时代》[①]。读到“小和尚”“长约一尺”“敦伟大友谊”等字眼儿时，卡小卡看旸脸颊微红，捂嘴而笑，还时不时用娇拳打他，这让卡小卡心情大爽。

读完后，卡小卡愤愤地长篇大论说这个时代太愚昧！人人都是伪君子！明明是每个人都有的欲望，却要被说成是罪恶，说成是道德败坏！常言说食色性也，既然这样，他们为什么不把吃饭也说成是道德败坏呢？这帮浑蛋一边指责别人道德败坏，一边却在背后玩弄女人，他们有什么资格说别人！

卡小卡说，我们的文化有虚伪的一面，而这些又规定了人们的行为，规定哪些是正常哪些是不正常，难道只有结婚了才能发生性关系，只有婚姻内的性欲才是合法的？他们这么说，只是因

---

① 这是王小波写的一篇小说，这篇小说既色情又严肃，既搞笑又深刻。

为他们想要让我们一心一意地为这个社会机器服务！这跟这篇小说里说的人们为了让牛专心工作而把它们都给阉割了是一个道理！他们想要驯服我们，把我们驯服成只懂为他们工作的奴隶！我们永远都不应该屈服！

卡小卡说，现在离婚的人这么多，就是因为结婚之前两个人都不好好了解对方，仅仅在欲望的驱使下草草结婚，这样真是愚昧到家了！

卡小卡说，我喜欢一个人就是喜欢她的全部，我才不在乎她是不是处女。那些有处女情结的人都是变态，不是处女怎么就不纯洁了？难道林徽因、居里夫人结了婚以后就不纯洁了吗？有一个非洲部落恰恰还认为处女才不纯洁呢，成年处女在那里是邪恶的化身。难道爱一个人就只是爱那一层膜吗？在我看来，处女膜和手指甲没有任何区别！

最后，卡小卡深情地望着旸的眼睛，温柔地说："旸，我爱你，我们永远都不会分开，今晚……就依了我吧？"

旸咬咬牙，同意了，但是说不能在寝室，害怕被楼长发现。

于是，卡小卡先鬼鬼祟祟地去买了安全套，然后鬼鬼祟祟地去宾馆开了房。洗完澡之后，卡小卡便猴急地去吻旸。旸说，坏蛋！关灯！卡小卡乖乖照办。旸又说，坏蛋！你要爱我一辈子！卡小卡忙说，那一定那一定。然后，卡小卡便在黑暗中弄来弄去，却怎么也找不对地方。终于找对了地方，旸又一直喊疼。勉强算是进去了之后，不到一分钟卡小卡就缴械了。这让卡小卡沮丧不已，自信心备受打击。卡小卡愤愤地想，看来他母亲的那些A片都是骗人的，做爱根本就没那么爽！卡小卡忽然想到了那个师姐，想必在她列的清单的左边肯定没有做爱这一项。又想到自己，虽然此时正郁闷至极，但心有不甘。好在调整好状态之后，卡小卡又重整旗鼓，方愈战愈勇。不过，从那以后，卡小卡就不爱看A片了。这倒不是因为经常和旸做爱而把性欲耗尽了，而是因为卡小卡觉得做爱并不具有A片传达出来的那种欲死欲仙的肉体快感。甚至，就快感本身来说，卡小卡觉得以前和寝室哥们儿集体意淫或一起看A片所产生的快感，某种意义上都比做爱时肉体本身的快感更强烈、更持久。古人说“妻不如妾，妾不如偷”，它的意思不是说在外面偷情时做凹凸运动就比和妻子做时享有更强烈的肉体快感，而是说偷情这种被禁止的行为本身就很刺激吸引人，跟它相比，肉体的快感简直微不足道。单纯的肉体快感其实并没有太大的魅力，人们之所以热衷于性，不是因为性本身，而是因为我们的文化围绕着性而建构起来的那些东西。这本是福柯至死都没有写完的书《性经验史》[①]中的观点，那时候卡小卡还没听过福柯二字，却切身地体会到了这位乖张的叛逆者最后的悲鸣。

后来，旸问卡小卡那天说的话是不是真的。卡小卡笑着说其实是半真半假，假的地方在于自己主要是因为想要和旸做爱才事先设计好了那些话，真的地方是那时自己确实全心全意爱着旸，真的想和旸一生一世，丝毫都不在乎旸是不是处女。

第二天，从柔情蜜意的床上艰难爬起来之后，他们拉着手

① 诸君不要被书名误导，其实此书博大精深，它主要讨论的问题是如何理解当代社会和个人生活。

走来来去，从食堂到寝室，从教学楼到体育场，不知不觉又走到了有名湖。卡小卡边回味着昨晚的一幕幕，边傻笑。旸不理他，只安静地看着湖对岸的垂杨柳。卡小卡突然想打个水漂儿，便在湖边找了一块圆扁石，使劲儿往湖面一扔，石头在水上蹦了三四下。

卡小卡高兴得大叫一声，然后说："我对你的爱就像这水漂儿一样。"

旸笑了，说："这怎么说，讲不通吧？"

"怎么讲不通？"卡小卡边忍着笑意边说，"我是这石头，你是这湖水，最开始我们小心翼翼地试探着对方，后来石头掉到水里了，就是我们融为一体了。哈哈……"

"去你的，"旸轻轻打了卡小卡一下，然后调皮地说，"那你说说，你爱我爱到什么程度了？"

"很爱很爱。"

旸对这个答案不满意，说："就这么简单吗？"

卡小卡抬头看天，想了一两分钟，终于说："春天，在绿油油的草原上，小熊说，我们一起玩吧，于是就和小熊抱着咕噜咕噜打滚玩，从早上玩到晚上……就这么爱。"

"嗯，这还差不多，"旸有点满意了，笑意盈盈地问，"那么，夏天呢？"

卡小卡又看了看天，说："夏天啊？夏天，在淡白的云层上，鹰说我们去玩吧，于是骑上鹰，从地中海飞到印度洋，从月亮飞到昴星团……就这么爱。"

旸咯咯笑着说："飞那么远，鹰不会累吗？"

“别忘了这鹰是只无足鸟哦，饿了，它会吸风饮露；累了，它会睡在风里，不用落地的。”

“哦……”旸若有所思地点头道，“那这个夏天一定很开心，然后应该是秋天了吧？”

卡小卡已经想好了，“秋天，落叶说，我们来聊天吧，于是聊啊聊，从天黑聊到天亮，从小熊聊到鹰和月亮……就这么爱。”

“落叶一定很孤单，才会有这么多话聊的。”

旸在略显忧郁地看着卡小卡，看得卡小卡突然很心酸，他便赶紧说：“不过呢，落叶很快就会不孤单了。”

“是吗？那一定是因为她在冬天找到朋友了吧？那些朋友都是谁呢？”

“是啊，”卡小卡神秘兮兮地说，“可是这些朋友还有一个要求哦，不知道你会不会答应呢？”

“什么要求？”

卡小卡坏笑了一下，说：“他们要你亲我一下才肯和落叶做朋友的。”

旸脸红了，又打了卡小卡一下，说：“坏蛋，才不要！”

卡小卡倒挂着眉毛，脸上写满了沮丧，说：“这可怎么办呢？你不怕叶子孤单吗？”

旸无奈，只得用和解的语气说：“那这样吧，如果叶子真的不孤单了，我再……答应你……”

“好吧。是这样的，冬天，叶子、小熊和鹰成为朋友。可是小熊说，我还要打滚玩；鹰说，我还要去飞；落叶说，我还要去聊天；他们吵个不停。这时你说，我们还是去堆雪人吧？于是，大

家就去堆雪人玩了……就这样爱。呵呵，你看叶子不孤单了吧？”

旸被打动了，用她那美不胜收的眼睛深情地望着卡小卡，说：“你真的会这样爱我吗？”

卡小卡再也不想矜持了，他轻轻搂过旸，热烈地吻着他的缪斯女神。

他们吻得那样尽情那样忘我，好像世界上所有其他人都不存在似的。

P大的暑假有两个半月，小学期只上一个月，所以小学期结束后还有一个多月才开学。两个人必须要分开了。上火车时，旸哭了。卡小卡看到旸哭，自己眼圈也红了。卡小卡想，难怪古人说“晓来谁染霜林醉，总是离人泪”，这滋味真他母亲的难受啊！

Chapter 3

迷途

每个人的心里都有一片属于自己的森林，

迷失的人迷失了，

相遇的人会再相遇。

——村上春树

旸回家后，卡小卡也回家了。

一日，卡小卡在家闲来无事，就在网上闲逛。他去一个论坛的教育版随便翻了翻，看到一个网名叫羁野的人发了一篇没什么人关注的帖子。这篇帖子似乎发错了地方，从形式到内容都显得不合时宜，但卡小卡却如获至宝一般读了又读。帖子如下：

教育需要多元化！
——谈谈阿美寮学校对教育制度的颠覆

多年以来，我们总能听到这样的声音："教育需要改革！"

多年以后，作业依旧很多，分数依旧万岁，课堂依旧无聊，补习班依旧热闹，各种无聊的考试依旧让人恨之入骨……

我们不禁要问，所谓的"教育改革"都改什么了？

我们用"通行教育"这个蹩脚的词语来指称我们正在实施的这种教育。我们发现，一般来说，这种"通行教育"的正常运作需要三个条件，即监视、规范化、考试。

监视既存在于学生和老师之间、学生和管理人员之间，也存在于管理人员和老师之间，甚至存在于学生和学生之间、老师和老师之间、管理人员和管理人员之间。监视是一种权力的目光，它根据某种规范影响你的行为。这种规范有很多，比如要按时上课、按时交作业、按规定回寝室睡觉、按规定完成学校要求的学分、按规定不许做违反学生守则的事、按规定交教案、按规定给教育部提供各种材料，等等。通过监视，学校成功地把学生按照自己制定的时间表组织管理起来，成功地在自己提供的可能性中束缚住学生。也就是说，如果学生不去上课、不去写作业、没选够学分，那么不管你都做了什么，都会受到相应的惩罚，真正的自主性在传统学校中是被严格禁止的。

规范化也是教育权力正常运作的重要手段。在传统学校，学生们必须要上统一的课程，要用统一的教材，要遵守每个人都要遵守的规范，要有统一的考试和统一的评价标准。一旦犯了错误，也必须要按照统一的规定遭受惩罚——规范高高地凌驾于个人之上。不但如此，规范化不仅根据一些普遍的范畴来确定学生的行为，它还会针对具体的学生行使具体的比较、区分、排列、同化、排斥等功能，在一个统一的教育坐标体系之中给每一个学生安排一个独特的位置。终于，学生驯服了，成了大同小异的教育对象。总之，规范化的目的是为了便于管理，更是为了成批地制造同样“驯顺而有用的肉体”。

考试把监视和规范化结合起来，它是一种追求规范化的目光，一种能够导致定性、分类和惩罚的监视，是对学生进行评价的最终手段。一个学生是什么样的人，我们只要看看他的考试成绩和教师鉴定就够了。他们构成了学生的学籍档案，这种档案将紧紧跟随一个人的一生。所以我们看，如果一个学生对一些考试之外的东西有兴趣，体制会认为这种兴趣只会剥夺学生的学习时间，降低学生的考试成绩，最终使学生变成一个残次品、一个智商低下的笨蛋。

我们的“通行教育”是一个弱者的天堂，在各种规范、权力之眼和把人等同于档案的制度的保护下，那些弱者、没有创造力的人找到了可以充分证明自己不弱的方向。他们愿意把自己全部的精力用在上课和考试上，愿意最准时最心甘情愿地遵守学校的各种规章制度，愿意看到自己的档案上只写下考试成绩和老师鉴定这种简单的事。如此，我们也就不难理解为什么爱因斯坦会考试不及格，为什么维特根斯坦说剑桥让他恶心，为什么福柯在学校时总想去自杀，为什么那些真正有创造力的人物往往都不是好学生的原因了。传统学校的教育目的是让人认识规范、遵守规范，而不是让人变得更加强大、更加聪明睿智，仅此而已。

而阿美寮学校正好与此相反，阿美寮学校没有学生、老师和领导之分，每个人都既是学生又是老师又是管理者。学校里没有任何权威，即使是一个资深的学者也必须和别人平等地交流；即使是一个七岁的小孩也受到充分的尊重，他提出的问题大家会认真地进行讨论。学校没有统一的教材，更没有什么考试、档案、教师鉴定和学历，大家学习的内容都是根据具体的情况而定。在学校中，每个人都要发挥自己的能量，去把自己所擅长的东西教给别人，去向别人学习自己不懂的东西。如果大家感兴趣的东西是这里面所有人都不懂的，那么大家就想办法一起去学，或是请人来演讲，或是自己去看书找资料，集体讨论等。阿美寮学校教育的目标是把人教育成富有生命力的强者，而不是某种规范的奴隶。事实证明，阿美寮学校里的人大多是快乐的、独立自主、有创造力和富有生命力的人。

我们并不是在提倡用“阿美寮”学校来完全取代“通行教育”，我们真正提倡的是“教育多元化”！所谓“教育多元化”，顾名思义，是指我们的教育需要各种不同的方法、策略和机制。我们最反对的是，用同一种方式教育所有的人！与其说“阿美寮”是一种完备的教育机制，不如说其是一种追求“教育多元化”的先驱和精神。我们需要这样的“阿美寮”，也需要那样的“阿美寮”，各种不同的“阿美寮”，以覆盖各种不同的学生，满足不同的教育需要。

我们衷心地希望以后的教育改革能够在“阿美寮”的启发下进行，要更多地考虑人本身，尊重人与人的差异，少考虑那些外在的、束缚人的规范。

读罢，卡小卡立即回了一个帖子，道：

虽然我没有听过“阿美寮”学校，但是就楼主对传统学校的批判那部分来说，我颇为觉得“于吾心有戚戚焉”。我就是楼主所谓传统学校中的一个大学生，在学校我感觉的确没有一点自主性。比如很多课我都不爱去上，但是为了考试，我又不得不去。我觉得我自己看书要比上课更有效率得多，对我的成长也更有利。但是，我根本就没多少时间可以看自己喜欢的书。

我以前是学物理的，后来换成了哲学。我本来以为我对哲学感兴趣，哪知哲学也跟我本来想象的不一样。我讨厌上大部分的哲学课，甚至有时候老师讲的是我喜欢的内容我都不爱去上课，因为觉得自己没有任何选择的余地，我必须按照老师要求的方式去思考，去写作业，我讨厌这样！被动地做事是我最痛恨的行为！

我想，归根结底，我喜欢的不是某一种固定的专业，而是一种自由自在的生活。在那种生活中，我自己喜欢什么就做什么，而不是被别人强迫做这做那。比如我喜欢尼采、喜欢量子力学、喜欢卡夫卡、喜欢爱情诗、喜欢王小波、喜欢蝴蝶原理、喜欢自组织理论、喜欢博尔赫斯、喜欢中医、喜欢罗伯-格里耶、喜欢后现代电影、喜欢王家卫、喜欢天体物理学、喜欢相对论、喜欢庄子、喜欢基因学、喜欢维特根斯坦、喜欢金融市场学，等等，那么我就想主动地去学习这些东西，我可以有选择地去听听课，或者去看看书，跟别人讨论讨论，去进行实践，等等。

但在学校里，这样做是根本不可能的，因为按照规定我必须要去上那些我一点都不喜欢的课，什么这哲学史那哲学史，什么形式逻辑，什么论文规范写作，我对这些一点都不感兴趣，但是必须要学，否则就不及格、就不能毕业、就没有前途！这些我不喜欢的课占满了我的时间，让我没有去发展自己兴趣的可能。我感觉自己就像一个按照别人指令来行动的机器人，没有任何的自由可言。我想，如果社会没有学历这东西，我才不会成天像个奴隶一样去上课去写作业去考试呢！！

我听楼主对于阿美寮学校的介绍，觉得那简直就是为我而开的！请问这阿美寮学校到底是何方神圣？它在哪儿？去那里上学有什么条件？学费是多少？楼主能否详细地介绍一下？

几天之后，羁野回了帖，然后卡小卡又加他QQ跟他聊了很多，这才大致明白了阿美寮学校到底是怎么一回事。简单说来，是这样的：阿美寮学校是非营利机构，它最开始是由一个有钱人家为自己的两个儿子建造的。话说十多年前，京郊燕山脚下有一户四口人家，这家的两个儿子非常不听话，成天逃课打架偷鸡摸狗无恶不作，后来他们被退学了。父母不想让儿子当文盲，他们依然想让儿子接受教育，于是他们在大山里盖了几所土房子，买了个发电机，找了几个跟他们的儿子一样淘气的小孩儿，又找了几个从大学退学的学生，便在里面住了下来。他们最开始的想法是想让那些退学的大学生教教这两个不听话的儿子，谁知后来渐渐地演变成大家各自发挥自己所擅长的东西互教互学。因为这里面的人都清楚自己是因为不适应社会而从社会中逃出来的，所以大家都想互相帮助。每个人都知道自己的不正常，那么自然而然的也就没有什么权威之类的东西，大家都愿意平等地去交流。后来，随着这学校名声的传播，陆续有很多人自愿进来了，羁野就是其中一个。但是，规模大了之后，影响不太好，而且它还是非法经营，所以三个月以前被关闭了。

卡小卡听了，觉得非常可惜。当得知羁野也在北京时，卡小卡便约他回北京之后见面详聊。

///

开学后，刀哥去了美国，伟哥嚷嚷着这个学期一定要“脱光”，强哥说他在论证是否有必要找个女朋友，卡小卡和旸整天黏黏糊糊，不必详谈。

周六下午，羁野来找卡小卡。卡小卡本以为羁野是跟自己差不多的书生模样，哪知只见羁野头发蓬乱，衣着破烂，还浑身散发出令人作呕的臭味。卡小卡说，兄弟你咋这副打扮？被通货膨胀给闹的吗，还是刚出来啊？羁野潇洒地摆摆手说，咱们不谈这个。来，我给你介绍本好书。说着，从自己老旧的帆布书包里翻出一本卷了边的书递给卡小卡。卡小卡看书名是《规训与惩罚》，作者“米歇尔·福柯”，副标题是《监狱的诞生》。看到这儿，卡小卡不禁愣了一下，不过又一想，看他这谈吐不像是进过监狱的，于是也就不再问。卡小卡把书翻了翻，发现里面被画了很多标记，有红笔的、蓝笔的、黑笔的，每一页都有很多批注。羁野继续说：“你以前应该没读过福柯吧？他的书现在在书店找不到，我去你们学校的图书馆都没找到，可能各个系里的图书馆才有。”卡小卡点了点头，说：“不但没读过，甚至也只在你的帖子里才看到过福柯这两个字。不过，这个书名给人很奇怪的感觉，看起来应该是法律方面的书吧？”羁野摇摇头，笑道：“这本书不只是书名怪，内容也怪。它既不是法律的书，也不是教育学、社会学、哲学或历史学的书，但是它讨论的问题又都涉及了这些领域。也就是说，按照你们的学科来划分，这本书不可以被归类，所以你在法律系、社会学系、历史学系或者你们哲学系的图书馆都可能会找到，你可以想办法去找找看。”卡小卡诧异不已，遂又拿起书翻了翻。羁野又说：“这书我读了几遍，我想它对你解决自己的问题会很有帮助。你完全可以把它当作一本教育学的著作来读，因为它讨论了很多关于学校的问题。”卡小卡不解，问道：“难道它说学校就是监狱？！”羁野拍了拍卡小卡的肩膀，说：“没这么简单，拿回去读吧，你肯定会喜欢它的。”后来，他们又闲聊了一会儿。天黑，羁野就走了。

这福柯的魅力实在太大，一下子就把卡小卡给迷住了，搞得卡小卡整天茶饭不思，以至于旸一度把他视为情敌，非要逼着卡小卡说到底要我还是他！卡小卡开玩笑说他是后来的，至多只能算个二房，你是姐姐，应该多担待担待。旸怒，说我不依，老婆不当了，我罢工！卡小卡无奈，只好说那你说该怎么办吧？旸说，第一，你不可以和我在一起的时候也想着他；第二，你不可以因为他而翘课、不写作业。卡小卡口头上答应了，但背后却偷偷地翘了很多课，也有很多次跟旸在一起的时候偷偷想着他。

看完《规训与惩罚》，一切开始土崩瓦解。卡小卡被感染了，他发烧不止。但他喜欢这次感染，他并不想好转，他隐隐地为自己感到骄傲。他迫不及待地寻找所有关于福柯的书，他满怀激情，不顾一切地吞食着《性经验史》《古典时代疯狂史》《我，皮埃尔，杀死了母亲、妹妹、和弟弟……》《临床医学的诞生》《不正常的人》《无名者的生活》《事物的秩序》《权力的眼睛》《从界外思考》等等。他时而是疯子，时而是罪犯，时而是不正常的人，时而是个最激进的革命者，他很愉快。如果他恰巧能与一位人道主义者做些辩论，他将用强大的福柯之风将其吹倒。就连在梦里，他都觉得这福柯太天马行空、云谲波诡了。这位光头哲学家好像看什么都能看出很特别的东西来——他竟然可以完全摆脱精神病学写疯狂史，还助推了一场轰轰烈烈的反精神病学运动！他竟然说临床医学的诞生不是因为理性的进步，而是因为科学认识机制偶然发生了改变！他竟然在《事物的秩序》中得出结论说：“人将被抹去，如同海边沙滩上的一张脸！”他写监狱的历史，竟然说我们整个社会就是按照监狱的模式塑造成的！他写性经验史，竟然说性不是单纯的肉体问题，而是复杂的权力问题！卡小卡从来没有看到过这么眼花缭乱的观点，这不禁让他产生了奇妙的感觉——难道我们真的能从一个全新的角度看待我们熟视无睹的生活？难道我们真的能对现状做出改变？难道福柯真的能让我摆脱掉各种郁闷？他很困惑，好在有羁野，他比卡小卡更了解福柯。他们约定以后每个星期六下午见面，主要的事就是聊教育聊福柯。

在羁野的影响下，卡小卡对福柯的迷恋一发不可收拾，他感到自己终于找到了那种梦寐以求的哲学，他迫切地希望了解关于福柯的全部。他逐渐弄清楚了福柯所属的思想谱系，了解到福柯的思想主要与尼采、德勒兹、德里达、海德格尔、卡夫卡、维特根斯坦等思想家有错综复杂的亲缘关系。于是，他又开始疯狂地阅读这些思想家的著作。一个严重的问题出现了——这些思想家的思想在课堂上是基本听不到的，尤其是福柯，他从未在课堂上听到过福柯二字，他失望透顶。这样一来，他就更加不想去上课不想写作业了——"有了福柯，谁他妈还要去上课！"他暗暗骂道，"老子要学的是真正的哲学！"

随着了解的深入，卡小卡知道了羁野以前也读过大学，但不知道因为什么后来被退学了。至于他做什么工作，靠什么养活自己，卡小卡一直没搞清楚。不过，这不妨碍卡小卡喜欢羁野这个人，以至于卡小卡还要把羁野也介绍给旸认识认识。可旸说，我才不见那个臭男人，而且你每次和他见面之后必须给我马上去洗澡！卡小卡想女孩都爱干净，这无可厚非，就没再多说。

十月中旬，卡小卡说想去阿美寮看看，羁野便领卡小卡去了。他们带了足够的干粮，坐了四个多小时的汽车，到燕山脚下的一个小镇下车。卡小卡本来想要替羁野买车票，可羁野不接受。他说，你是学生，不赚钱，我们自己买自己的。在小镇简单地休息了一会儿后，他们又在深山老林中上山下坡左拐右穿地步行了两个多小时才到阿美寮。在森林中穿行时，卡小卡觉得脚下都是落叶和杂草，根本就没有路，然而，羁野却一步路没多走地找到了地方，这不禁让卡小卡暗暗称奇。

那所谓阿美寮学校坐落在森林中一块地势比较平坦、树木比较稀疏的地方。卡小卡看到一个足球场那么大的院子被一圈木栅栏围住，里面杂乱无章地分布着二十多所土房子。空地上有树墩做的凳子和桌子，有很多空着的鸡舍和猪圈，有几口大水缸，水缸里还装着半缸水，水面上漂着几片落叶。看起来，这地方更像一个小山村，而不是一所学校。

那时已经将要天黑了，羁野去找了一些柴火准备烧炕。卡小卡说现在天不冷，不用烧炕吧？羁野说，这里已经三个多月没住人了，会有潮气，先烘烘。

天黑了，他们两个便坐在木墩子上聊天。那晚天上没有月亮，满天繁星显得格外空灵，微风把树叶吹得沙沙作响，远处各种不知名的动物唱着听不懂的歌。对于整日生活在大都市的卡小卡来说，那情那景真是惬意非凡。

聊到阿美寮那两兄弟时，卡小卡问他们后来怎么样了，羁野说：

“兄弟俩一个比一个壮实，山里面哪有人参，哪有中草药，哪种植物好吃什么的，他们都一清二楚，爬树的时候简直就像猴子那么灵巧，都是非常好的人哪。”

“我要是以前也待在这里就好了。”卡小卡不禁感慨道。

“读过海德格尔吗？他把现代科技社会称为‘座架’，说人的生活已经远离了大地，被那些无比复杂的东西给架构起来了。”

“诗意的栖居！”

“对，诗意的栖居！这里的生活多好啊，可惜啊，现在已经没人来了。那时候，这里顶热闹呢，一共有40多个人，最大的快五十岁了，最小的才七岁，大家每天自己种菜，自己做饭，自己发电，一起读书，讨论问题，互相学习。唉，我本来以为我会在这里就这么待一辈子的。”

“听起来，倒很有点世外桃源的味道。”

“是啊，的确是世外桃源，不过这也正是它的问题所在。因为与外界隔离得太厉害啦，所以这里的人虽然都富有生命力，但是一出去就无所适从啦，没有学历，没有工作经验，靠什么生活啊？庄子所谓的‘方外之世’，也许在他那个生活紧紧根植于大地的时代是存在的，但现在已经行不通啦。”

“以前这里男人多还是女人多呢？”

“女人很少，只有八九个吧。我记得有一个杂志社的编辑，后来突然不想干了，就跑到这里来。她非常健谈，懂的也多，唱歌也好听，还带来一把吉他，经常给大家唱歌，大家都很喜欢她。”

“呵呵，我以为这里女人会多一点呢，女人都比较脆弱，可能会害怕外面那么残酷的社会。”

“不，这一点你想错了。其实，我们的社会中最坚强的和最脆弱的都是男人，因为我们的文化给男人先天地赋予了太沉重的东西，那些东西可以让人先苦其心志再成其大事，也可以把一个人彻底压垮。而女人很容易就能在这种文化的保护伞下过着一种还算过得去的生活，至少不会绝望到男人那个地步。"

"哦……"卡小卡陷入了沉思。

"你有恋人吗？"羁野突然问道。

"有的。"

"她是什么样的人呢？"

"怎么说呢，跟她在一起感觉很舒服，她很理解我。我觉得，如果没有她，我很难在学校里待下去，恐怕我一刻也受不了那些冷冰冰的制度规范。我曾无比盼望大学，谁知大学其实和高中没什么本质的不同。"

"你有这样的感觉很好，说明你身上还有某种向强的意志，不甘愿被那些外在的规范驯服。"

"你呢？"

"我什么？"羁野似乎走神了。

"你有恋人吗？"

"以前也有一个，顶好的人哪，"羁野顿了顿，"后来我退学了，也就分开了。不过，现在也都坦然了，人生就是这样啊，分开了其实对两个人都好，那时候简直压得透不过气来。"

两个人沉默了一会儿，然后卡小卡问：

"你说福柯所说的'丑陋的侏儒'是怎么一回事？"

"这个啊，这是福柯生气的时候才这么说的，它指的是那种最心甘情愿去做'驯顺而有用的肉体'的那种人。《规训与惩罚》这本书可以说就是这种人的传记，在那种无处不在的监视目光下，人都被驯服成了大同小异的机器人。每条街道每个房间每个角落都有监视器，每一个人的一举一动都被严密地监视着，那种感觉你能想象出来吗？真是一种彻彻底底的绝望！”

卡小卡沉默了一两分钟，然后说：“听说美国最近要搞什么电子身份证，要在每个人的身体里植入一个电子芯片，你听过这件事吗？就像电影里的跟踪器一样，被植入电子芯片的人将时刻被官方监视，恐怕这就是‘全景敞视社会’的最新版本吧。”

“是吗？我还第一次听说这事。不过，如果他们真的这么做了，那我们的社会的确更加‘全景敞视’了。这种监视其实就是用一种规范权力来支配你的生活，它监督你生活的方方面面，随时准备惩罚你的所谓‘不正常’行为，不合他们意愿的行为，让你必须按照他们要求的方式去思考去行动去生活，那种生活只要稍微想一下都会觉得恐怖得不行。”

“你害怕吗？”

“怕什么？”

“生活。”

“呵呵，要勇敢地活着才行。”

“对！”

“对！”

他们抬头看星星，山里没有空气污染，也没有灯光污染，天上的星星又多又亮。

卡小卡说：“古人相信每一颗星星都代表一个死去的魂灵，这种想法多有诗意啊！”

“是啊，当人们想念死去的亲人朋友的时候，只要抬头看看星星就可以了。”

“我有一个师姐，后来自杀了，我有一段时间也想给她找一个星星来着。可是，北京的天空没有几颗星星，用肉眼能看到的也无非是“天狼织女”这些俗货，所以后来竟没找到。”

“为什么自杀了呢？”

“具体我也不知道，可能是因为她太脆弱了吧。”

“有人说，福柯的死其实也有点自杀的性质。他晚年明明知道洛杉矶流行艾滋病，但为了写《性经验史》，他还不管不顾地去做什么性体验，他这个人有时候是有点太乖张了。”

“嗯，我想起他曾说有一次他被车撞了，以为自己死了，他说那一刻的感觉无比美妙。”

“对，这一点他和海德格尔一样，都是一个尚死主义者，‘向死而生’！”

“但是，这很危险。”

“是啊，非常危险。不过，如果你能从死亡中逃脱一次，那么你的人生很可能会彻底地改变面貌。”

“这种感觉我还理解不了，死亡只会让我感到害怕。”

“我记得，福柯曾说过：‘使对死亡的思考产生特殊价值的东西，不仅仅是死亡先于舆论普遍代表的最不幸的东西，不仅仅是它有助于承认死亡不是一件坏事，而是它用提前的方式提供了向自身生活回眸一瞥的可能性。’”

卡小卡想了一下，说：“听起来，有点‘未知死，焉知生’的味道。我想，我以后应该多思考思考死亡的问题了。”

“呵呵，有些时候死亡一点都不可怕。”

“是啊，我以前也想那师姐在自杀之前肯定觉得死亡不可怕，可那到底是一种什么感觉呢？就我来说，我怎么能那么决绝地抛弃我的家人和恋人呢？还有，我可以去实践福柯的思想，为教育改革做点什么，怎么能抛弃这些希望呢？怎么能就那么自私地一走了之呢？实在是很费解。”

“如果当这些希望都没有了呢？你会怎么想？”

卡小卡想了一会儿，说：“搞不懂。”

“不用急，你还年轻，有大把的光阴等着你去利用呢。”

“嗯。”

“你现在可以找一颗。”

“什么？”

“星星啊，为你那师姐。”

“对！”

于是，他们俩抬头看星星，左找找又看看，最后，卡小卡决定把“昴星团七姐妹”中从左边数第三颗星献给师姐。卡小卡开心地看着那颗星星好半天，想以后我死了会不会也有人送给我一颗星星呢？

过了一会儿，羁野说：“兴趣也是被偶然建构出来的，你想过吗？”

“什么？你是说我的那些兴趣吗？”

“是啊，我看你给我回的帖子里面写你又喜欢卡夫卡，又喜欢金融学，又喜欢量子力学什么的，你想过你为什么会有这么多兴趣吗？”

“就是因为我以前看过好多书啊，觉得它们很有趣，才喜欢的啊。”

“但是，你为什么觉得它们有趣呢？为什么就觉得老师上课很无聊呢？难道你一生下来就先天决定了你喜欢那些东西吗？”

“应该不是。”

“当然不是！每个人都有一个被如此这般建构成现在这个样子的个人史，我觉得你可能是由于某种原因对自由特别敏感，特别害怕被拘束的感觉。”

“嗯，我的确忍受不了被束缚的感觉，如果一件事是别人强迫我要做的，那么我就会觉得非常非常讨厌，那时候我会变得非常懒，没智商，总想逃避。比如，很多时候，老师要求交的作业都是我在最后一刻才勉强写完的。但是，如果一件事是我在非常主动的情况下去喜欢的去选择的，那么我就会非常坚定地坚持下去，什么也阻挡不了！”

卡小卡想到了旸给自己的那张卡片（“如果真的喜欢，就要坚持下去”），暗暗庆幸旸这么了解自己。

“某种意义上，”羁野的语调在沉思，“人不过是过去几个世纪、几年、几个星期以来所说的话的结果。话语拥有塑造人生的力量，你可能经常会谈论关于自由的问题，这可能反倒会加强你被束缚的感觉。”

“哦……”卡小卡沉吟了一会儿，说，“好像吧……”

“所以说，你的这些兴趣其实就是你想要自由的一种表现。如果学校强制规定你必须要学这些东西，你也就不会那么喜欢它们了。"

"嗯，"卡小卡若有所思地说，"你说得对，我的确有这样的毛病。"

短暂的沉默后，卡小卡问："你说阿美寮能重新开办吗？"

"我也说不好，"羁野有点悲哀地说，"这里有点乌托邦的味道……我只希望我们以后的教育改革能够借鉴一下这里的方式方法就好了。"

"怎么借鉴呢？"

"这说起来就复杂了，就比如，我们的教育最大的问题之一是'同一化'太严重，学校总是试图用同样的方法培养所有的学生，更别说这种方法本身还有很多问题呢，而人是各不相同的……"

"你的意思是我们应该'因材施教'，对吗？"卡小卡插话问道。

"也不能这么简单地说。我们的教育急需'差异化'，这是毫无疑问的，但我们也要注意思考具体需要哪些差异和怎样程度的差异。就拿'阿美寮'和你们P大来说，二者的教育方法有差异、教育内容有差异、教育目标有差异、评价标准有差异，给学生的自由空间也有差异。对于这些差异，我们不但不应该去消除，反而应当加以扩大和创新。我们假设，"羁野情不自禁地用手来回比画着说，"如果我们的社会中有几千所学校，其中每一所学校和另外一所都有这样那样的差异，比如有阿美寮这样互教互学的，有孔夫子那样因材施教的，有剑桥那样学院制的，等等，还可以有很多新出现的，然后每所学校培养一些不同的学生，学生们还可以根据自身的实际情况在不同的学校之间自由选择，那样我们的教育会不会好很多呢？"

“是啊，当然了！”卡小卡挠挠脑袋，“不过……”

“这太理想了，的确。我们还必须考虑另外一个问题，其实教育是整个社会机器的一个至关重要的零件。在思考教育问题的时候，一定要在整个社会的大背景下思考，而不能抽象地空谈。就像福柯向我们展示的，必须要不断地提出‘学习是怎样地服务于社会的需要’这样的问题。”羁野放慢了语速，“也许‘全景敞视社会’只需要‘全景敞视学校’，禁止其他类型的学校……”

“听起来真挺复杂的。”卡小卡有点困惑，“难道为了教育改革，我们也要同时改变整个社会的运作机制吗？”

“差不多吧，我也一直在思考呢。”羁野依然在沉思，过了一会儿，他说，“对了，你说你去支教是吧？我建议你以后还是别去了，有时间多想想教育的问题，想想我们的教育具体要怎么改革，别再用传统的那一套硬往那帮可怜的小孩儿头上套了，那样可能不但不会帮助他们，反而会伤害他们。”

“对！”卡小卡当即表示赞同，“你说的对！我以后不去了！”

不知不觉间，已经很晚了，考虑到明天还有漫长的路途要走，他们便睡下了。

从阿美寮回来之后，卡小卡跟旸说我不去支教了。卡小卡愤愤地说，传统学校都是监狱，学生都是受权力摆布的没有任何自由的人！老师一方面也受权力摆布，一方面还在伤害学生，我们不要再做传统学校里面的老师了！听话的老师和听话的学生都是丑陋的侏儒，我们不要再做任何强化这种在传统学校运作中无处不在的教育权力的事了！我们必须要打破这种权力，让权力短路！我们去支教就是在行使这种可恶的权力，我们是在把孩子们更深一步推向监狱！我们不要做这种恶心的事了，我们都不要再去支教了！

旸睁大了眼睛看着卡小卡，关切地问："亲爱的，你是不是有点走火入魔了？"

卡小卡方觉自己刚才有点失态，不禁脸上有点发热。

旸说，你可以有你的伟大理想，但我觉得，就现实来讲，给那些贫苦的小孩儿讲讲课没什么不好。

卡小卡想这也有道理，让如此温柔典雅的旸去接受福柯那套残酷的东西似乎太不近人情了，于是，从这以后，卡小卡不去支教了，旸则继续支教。

//

这学期的期末考试，卡小卡的成绩一落千丈，有好几门甚至刚刚及格。旸说都怪那个臭羁野，你以后不许再和他见面！卡小卡说羁野没错，错在我太迷恋福柯。我保证下学期首先把课程搞好，有空闲再去读福柯。旸便没多说什么。

下学期开学，刀哥从美国回来，他给伟哥带回来一盒伟哥梦寐以求的超大号安全套，给卡小卡带回来一盘卡小卡梦寐以求的高清晰世界十大禁片的DVD，给强哥带回来一盘强哥他老子强迫他梦寐以求的历届美国总统演讲精选的DVD。卡小卡问刀哥，去那边都有什么感受，难道美国大学也有自杀不成？刀哥说感觉那边跟这边没什么本质上的不同，都得上课写作业拿学分，而且他们不但有自杀，还有他杀，上学期就发生了一起一个学生持枪毙掉二十几人然后自杀的案子。伟哥说，我靠，美国人这么牛掰，多亏我学管理不用出国！强哥说那也是少数现象，不可能每个学校都有对不？卡小卡突然想到《规训与惩罚》中对监狱和学校所做的谱系学分析，难道从权力的角度看，学校和监狱真的没什么不同？！

五月份，羁野突然失踪了。卡小卡给他打电话总是说电话欠费停机，给他在网上留言也毫无音讯。卡小卡想他可能是没钱交电话费了，于是就给他充了三十块钱电话费。可是，拨通了号码之后电话一直是关机。那段日子，卡小卡为此心神不宁，卡小卡想羁野是不是饿死了，或者走投无路自杀了？这个念头让卡小卡很悲伤。后来，卡小卡想起旸以前说她想爸爸的时候就会去给爸爸烧香，烧完就不再心烦气躁了。旸说这不是迷信，仅仅是一种严肃的仪式，这个仪式是你自己对自己心灵的一种告慰，就跟你做错事之后勇敢地去道歉，然后心里就会感觉踏实了一点是同样的道理。于是，六月初的一天晚上，卡小卡偷偷地去买了几炷香，在夜深人静的时候，偷偷地去有名湖边把香点着，跪在那香前面颇为念叨了一番。这之后，卡小卡果然心气平和了许多。

Chapter 4
别离

当我们在恋爱中时，
总想尽量隐藏自己的缺点，
这并不是由于虚荣的缘故，
而是担心所爱的人会苦恼。
真的，
恋人们都想表现得像个上帝，
而这和虚荣无关。

——尼采

卡小卡在自己状态不好的时候是不想见旸的，因为他害怕把旸的心情也带坏。所以，羁野失踪这段时间，卡小卡就没怎么跟旸联系。旸看到卡小卡总是故意躲着自己，难免会猜疑、生气、心里难受，所以也赌气不和卡小卡联系。那时，他们已经半个多月没怎么联系了。卡小卡在给羁野烧完香之后，状态好了许多，于是去找旸和解。

把旸约出来后，卡小卡先是认错，说羁野失踪了，自己很为他担心，所以前一段时间状态不好，就没敢来朝拜您。昨天晚上，我突然想起您的话，就学着给他烧了几炷香，现在果然状态好了起来，看来要拯救我卑微的灵魂还是要靠老婆大人您哪，嘿嘿！

旸本来很生气，看他这副样子，气也就消了不少，便说："你也不用总是这么嬉皮笑脸的，我看倒是我没有资格伺候您才对。你以后要是再敢这样，我可就不会这么轻易地饶你了。到时候，非要让你给我在搓衣板上跪他个三天三夜不可！"

卡小卡忙说那一定那一定，跪他个十天十夜都没问题。

旸说："你上学期考试那么烂，这学期还是这副德行！这段时间我没在旁边监督你，怕是你又整天看什么破福柯了。我说你可想好，马上要期末考试了，你这学期要是还考不好，那你可就麻烦了。保研保不了，考研你也肯定考不上，工作又不好找，我看你到时候怎么办！"

这正说到卡小卡的伤疤处，卡小卡只能说："我尽量努力吧，从现在开始不看福柯了，天天跟老婆大人您一起自习！"

一提福柯旸就不爽，她不依不饶地说："不但是这学期不看，你以后也不许看了！自从那个什么臭羁野给你介绍了什么破福柯之后，你看你跟着了魔一样，课也不上，作业也不写，你天天看福柯就能看出高分来啊？现在我们还是学生，不是学者，你这德行比学者还学者呢，我看全中国也没几个人看福柯，你倒是天天当宝贝似的捧在手心里。干脆你明天跟他结婚去得了，我是不敢跟了你！”

卡小卡没把自己当学者，只是抵挡不住福柯的吸引力罢了。卡小卡有几次想让旸读一些福柯，他渴望旸能更了解自己。可惜旸认为学习课堂知识才是最重要的，她对福柯始终不是很感兴趣，这让卡小卡微微有些失望。但是，相比于已经死了二十年的福柯，卡小卡更愿意珍视心爱的旸。于是，他口是心非地说：“对，我以后再也不看了！什么垃圾福柯，老子以后再也不鸟他了！学生的本分就是学习，老师讲什么我学什么，老师留什么作业我就思考什么！我保证以后再也不翘课了！我要好好学习，以后要好好工作，然后给你买个大别墅，你给我生一窝牛犊子那么壮实的小崽子，咱们天天相敬如宾举案齐眉，一直到这个德行，怎么样？”说着，卡小卡把腰使劲弯下去，表示老得已经罗锅了。

旸笑道：“你才那个德行！谁给你生一窝牛犊子，我又不是老母猪！我最多生四个，凑一桌麻将就好。”

卡小卡挠挠脑袋说：“我还寻思要生一个足球队呢，你当教练我当裁判，帮咱们中国足球捧个大力神杯回来。”

旸笑道：“你别瞎扯了，你这个人最大的毛病就是正事干啥啥不行，那些杂七杂八的东西你倒在行。我对物质生活的要求并不高，但我相信我们俩的能力。只要我们努力奋斗，一定会做出一番成绩。我也不是反对你看福柯，或者看你喜欢的卡夫卡、罗伯-格里耶什么的，我都不反对。我的意思是咱们还是要现实一点，这个社会很现实，你现在天天看那些东西将来肯定会吃亏。我当然知道你聪明，也不懒，为人也厚道。不瞒你说，其实很多时候我都是很崇拜你的，你读书多，理解力强。还有那么多别人根本看不懂的电影，你却能轻易地给我讲得清楚明白，这不是一般人能做到的。”

此时，卡小卡已经乐得连连亲旸的脸蛋。

旸继续说：“但是呢，别人不知道这些啊，只有我自己知道有什么用啊？我既不能给你颁学位，也不能给你开工资。所以，我觉得咱们现在还是踏踏实实地去上课，等到以后我们结婚了，生活稳定了之后，你再看那些东西也不迟啊！那时候，我肯定会全力支持你，你爱看到几点就看到几点。你连续看他个三天三夜不睡觉，我也不管你。”

然后旸舒缓了语气，含情脉脉地看着卡小卡，温柔地说：“但是呢，亲爱的，就算为了我，现在咱们收下心好好学习好不好？”

多情的卡小卡哪禁受得了这种甜言蜜语，就是此时旸让他去炸白宫，他也会当机立断地答应下来。且说卡小卡严肃地点了点头，深吸了一口气，说：“亲爱的，你说得对！我以前确实有点太过分了，我们以后要好好生活。在我的生活中，你才是最重要的，福柯什么的跟你比简直不值一提！我以后肯定不看了，放心吧，亲爱的，我从现在开始踏踏实实地去学习，将来踏踏实实地工作。能让你生活得幸福，才是我最最重要的任务。”

旸纠正道：“我可没说福柯不好哦，我只是说我们暂时要生活得现实一点。”卡小卡点了点头，说：“嗯！”随后，把旸搂在怀里。

两人正在你侬我侬时，卡小卡收到刀哥的一条短信，道：“你在哪儿呢？赶紧来西门烤翅，伟哥又被拒了。”于是，卡小卡和旸就去找他们了。

他们俩到的时候，伟哥正说着被拒的滋味比挂科还难受。强哥说挂科你就死定啦，我宁愿被拒一百次也不想挂一科。卡小卡不解，说挂科有什么大不了？不过就是没拿高分而已，难道没拿高分就能证明一个人很差劲吗？强哥说你小子要现实一点，现在是什么时代了，还说这些没边没沿的话，你以为你小子是李白啊？卡小卡说我不是李白，但我一点也不觉得挂科怎么样，旸要是挂科了我根本都不会因此而产生哪怕一丁点不喜欢她的想法。听到这儿，旸满意地笑了笑。强哥说你小子太超脱，跟正常人不一样，总之我是不会找一个总挂科的女朋友。卡小卡说，我靠，你小子太不厚道，然后问刀哥说你怎么看？刀哥说按照人之常情，我也会找一个不挂科的女朋友。卡小卡无奈，说你小子跟他俩一样俗，我算把你看走眼了，然后问旸说你怎么看？如果我挂科你还喜欢我不？旸说，你敢挂科，我就把你煮了吃。下个学期卡小卡一口气挂了五科，所以那时卡小卡感到非常孤独。且说那时伟哥听得不耐烦了，说你们丫是干啥来啦？今天的主题是怎么安慰心灵受伤的兄弟我，你们丫还有没有点兄弟义气！旸说我看你这名字就得改改，叫什么伟哥，哪个女生听着不害怕啊！伟哥一想也是，于是说按照嫂子的指示，你们丫以后不许再叫我伟哥了，否则你们丫就永远别想见到弟妹啦！大家自然不同意，依旧叫他伟哥，所以卡小卡一直都没有见到弟妹。

且说那时聊着聊着，卡小卡突然想到，难道他们也仅仅是福柯所谓“驯顺而有用的肉体”不成？难道我心爱的旸也是“丑陋的侏儒”不成？难道我自己也是“丑陋的侏儒”不成？随即，卡小卡又想起刚才和旸说的话，于是狠命地把福柯从自己的头脑中踢了出去。

后来，强哥不那么强势了，因为他发现女生不喜欢太强势的男人，她们都喜欢花言巧语海誓山盟。于是，强哥也开始变得柔柔弱弱小情小调起来。强哥的老子当然不允许强哥这么窝囊废，但是无奈解决性欲问题还是要靠女人，他老子帮不上忙。这之后，强哥果然走了桃花运，不久就找到一个女朋友。刀哥总是不声不响，在卡小卡仙去之前他一直在和一个女生一起自习，但是他说他们只是纯洁的男女关系。伟哥说其实他俩丫早就上了，只是刀哥丫舍不得那一顿脱光报告会[①]才不公开宣布。至于到底是怎么回事，卡小卡已经没法知道了。

期末考试月，卡小卡天天和旸自习。但是，由于卡小卡在前面落下了太多，所以考试成绩不好也不坏。可是，P大一个一个都是考试狂人，分数不高不低名次却在很后很后面。

---

① 伟哥之所以这么说，是因为按照P大的规矩，每个男生找到女朋友的时候都要请好朋友们吃饭，人称“脱光报告会”。

//

暑假的时候，卡小卡想跟旸一起去旅行，但旸说妈妈最近身体不好，想要早点回家照顾妈妈，二人便各自回了老家。

旸不在身边的日子，就像鱼儿没了水，于卡小卡简直是一种折磨。还有不到一个月就开学了，他无法抵御对旸的思念，便跟家里吵着说自己想去海南玩。卡小卡的爸爸平时不怎么管儿子，也可以说，在教育儿子这一点上，他采取的是“无为而治”的政策，这和“孩子他妈”采取的“什么都管”政策有很大不同。一番讨论之后，父亲的态度是让儿子自己决定。母亲虽然唠唠叨叨不放心，但也禁不住卡小卡的执拗，便给他准备了盘缠和行李。

卡小卡买了去海南的火车票后，给旸打了电话，让她准备接驾。旸愣了一下，知是卡小卡要去海南看她，高兴地说恭候大哲学家光临。一连串隔空的 kiss 之后，卡小卡便上了火车。

见到旸，自是一番亲热。旸把卡小卡安排在离她家不远的旅馆里，并用从家里带来的干净床单重新铺了床。

“怎么不让我住你家呢？”

“我家房子小，住不下。”

“哦，明白了，这样更方便我们做点爱做的事。”

“去你的，快去收拾一下。待会儿我带你到处转转，晚上去我家吃饭。”

卡小卡忙说：“求之不得，求之不得，如此钟灵毓秀之地，出产的美女、美景和美食都让人魂牵梦绕，所以我才大老远地赶过来嘛！”

“你别得意了，我跟妈妈说一个同学要来旅游采风，妈妈就说要请你去家里吃个便饭。”

于是卡小卡买了些水果，看了看街边的风景，和旸一同去了她家。

旸的家是个只有五六十平方米的老房子，屋里陈设简单，但是干净、整洁。旸的妈妈个子很小，脸色黝黑，才40岁出头的人，看起来比卡小卡的妈妈老了好几岁，想来这些年独自抚养女儿长大很是艰辛。旸的妈妈不大会说普通话，虽然热情，但跟卡小卡也说不上几句，只是一个劲儿招呼他吃菜。

卡小卡发现旸和妈妈的关系非常好，两人无所不谈，聊到热头上时，他把话压扁了都插不进去。后来，卡小卡跟旸说很羡慕她们母女的关系。旸说：“这可能是两个人一直相依为命的缘故吧，我们彼此都非常依赖对方。在爸爸去世以前，我们也经常闹别扭。”卡小卡想自己和父母从来没有这么倾心地交流过，每次和他们聊天都是那几句套话，自己也从来都是报喜不报忧。想到这儿，他感到非常嫉妒。

旸的家乡风景很美，小城三面环海，满街都是大叶子热带植物。小城的中心是一个大大的广场，广场的中心是一棵大大的榕树。这榕树雄伟挺拔、气势磅礴，好像小城的一切都是在它的镇守下才得以如此安定整洁似的。旸笑呵呵地带着卡小卡四处闲逛，滔滔不绝地讲解每一处景致，就仿佛在给卡小卡介绍她久未谋面的老朋友一样。然而，这老朋友只有在久未谋面的时候才富有诗意，若总是待在一起，则很快就会让人厌烦。旸说这里的生活太安逸了，人们满足于自己那根本不值得满足的小生活，绝无大理想。“这里是养老的好地方，” 旸如此总结道，“年轻人在这里待久了会变得懒惰，进而丧失积极进取的勇气。”

果然，仅仅待了几天，旸就丧失了顶着大太阳出门逛街的勇气，懒惰得只想在家读书听音乐看电视。卡小卡是顶天立地男子汉，勇气尚在，对这小城仍然兴致盎然，时常自己出去溜达。

日子过得真快，转眼就要开学了。在临回京前的一个下午，卡小卡和旸在海边散步。微微的海风吹得路边的椰子树姿色摇曳，空中飘着极细的毛毛雨，落在脸上不觉冷，只感到一种舒心的微凉。二人也不打伞，索性就那样手拉手悠闲地走走停停。

旸说：“昨天晚上妈妈找我谈话，她察觉出我们俩的关系不一般。她也不是反对我谈恋爱，只是嘱咐我不要荒废了学业。” 顿了顿，接着说：“再就是怕我吃亏，上了你这个臭男人的当。” 说完，又在卡小卡身上打了一拳。

卡小卡笑着说：“你不早就上了我这条贼船嘛，现在才后悔，晚了点吧？！”

旸说：“你少得意了，你要敢欺负我，看我怎么收拾你。”

卡小卡见旸做出咬牙切齿的小样子，着实可爱得很，便在旸的脸蛋上亲了一下，带着无限爱意地说：“我永远对你像现在这么好。” 两人又柔情缱绻了一会儿。

卡小卡说：“一想到要开学了就不爽，我真想一直和你这样生活下去。”

“你也该收收心了，别天天读什么福柯。昨晚，我妈还问学哲学的将来毕业能做什么工作呢。” 旸带着期许地望着卡小卡说，

“大三了，我们要更加努力，绝对不能让妈妈失望。”

卡小卡说：“知道你舍不得你妈妈，等毕业之后，咱们俩干脆回到这儿工作好了，顶着P大毕业生的名头，应该能找个不错的工作。等咱们结婚后在海边买个房，这里的生活又悠闲，每天可以有很多时间读书写字，没准将来还能混个作家当当，这样的生活一想起来就很向往。”

旸说：“你怎么这么没有追求，这个城市只适合养老，我们在这里能有什么发展？难道你想一辈子都窝在一个小地方不思进取吗？就是你愿意，我还不愿意呢。”

卡小卡突然有些心凉，用力搂了搂旸，说：“有你就够了，什么进取不进取的。”

这时候，作为哲学家的卡小卡又陷入了沉思——我真的会与旸结婚吗？婚姻制度意味着什么？婚姻真的能帮助我获得幸福吗？婚姻是人必然的归宿吗？如果一个人的事业和婚姻相悖怎么办？……最后，大脑皮层负责情感的区域做出了这样的结论：不管怎样，我必须要让旸获得幸福！

不知不觉，雨已经停了，海的尽头正在上演落日的胜景。只见一轮红红的落日缓缓坠落，海天交接处是一片跳动的红色晚霞，从太阳到他的眼睛是一条金色的光廊，随着海浪起起伏伏地模糊了他的视线，再一抬眼落日已经不见了。这幅景象久久纠缠着卡小卡的记忆，他不知道那是真实的，还仅仅是记忆的加工。直到多年后他只身一人回到这个城市，他沉沦的心才找到一个答案。

“多美的晚霞啊！”旸欢快地说。

卡小卡感叹道：“只要能听到你的笑声。”

//

开学不久的一个周末，天气晴好。卡小卡心血来潮，想要约旸去逛大观园。旸却说没空，自己正在准备竞选学生会干部，又跟卡小卡说，你也应该收收心，想想将来的出路了。卡小卡觉得很扫兴，他心里对参加这种活动很不以为然，但又不想打消旸的积极性，简单鼓励了她几句，自己去图书馆看了会儿书，觉得索然无味，就又去了 P 大南门外的风入松书店。

这书店是 P 大哲学系一位老师开的，里面只卖学术和文艺类书籍，少有市场上那些花花绿绿的畅销书。风入松是卡小卡最喜欢的两家书店之一，另一家是 P 大东门外的万圣书园。整个大学期间，他有事没事都喜欢去逛逛。几年之后，伴随着卡小卡的沉沦，风入松书店倒闭了，万圣书园也被迫搬家，离 P 大远了一些。那时，卡小卡对 P 大的留恋更加荡然无存。

且说这一天，卡小卡无目的地闲逛着，流连于一个书架又一个书架。两个小时之后，卡小卡手里拿着几本书，尼采的《漂泊者及其影子》、米兰·昆德拉的《生活在别处》、本雅明的《单向街》、穆齐尔的《没有个性的人》、凯鲁亚克的《在路上》，随手还买了张鲍勃·迪伦的 CD《Like A Rolling Stone》。结账时花了一百多元，卡小卡隐隐有点心疼，但为了驱散近期以来的颓废之气，便咬咬牙都买了。他的脑海中闪现出了与旸在有名湖畔一起读这些书的画面，但转念又一想，旸大概没时间读这些闲书吧。

走出书店时，有位清大的高中同学打来电话约卡小卡去吃饭。原来，这哥们儿觉得最近自己学习状态不好，前几天思想品德修养课的论文老师才给他85分，让他颇为郁闷。卡小卡一听，气不打一处来，因为他自己的思修课差点没及格。卡小卡一边喝酒一边损这清大男，说你丫真是木头脑袋，思修课得高分有啥用。这哥们儿说，你丫还是不是大学生？说的话简直像个外行。你分不高就不能保研，不能保研就找不到好工作，然后连妹子都泡不到。卡小卡被他的神逻辑震惊了，俩人又针锋相对地吵了几句，话不投机半句多，吃得差不多的时候，卡小卡找个借口就先走了。

卡小卡独自在街上溜达消食，走着走着，一种孤独感突然笼罩了他。他发现周围的人都在为现实的前途而奔波，唯独自己好像在闲云野鹤般追求某种虚无缥缈的精神生活。可是，自己不是什么官二代富二代，没有任何资本继续这样闲云野鹤下去，终究要直面坚硬残酷的现实。难道自己必须要与自己迷恋不已的福柯、卡夫卡们决裂，而像这个清大男一样闯入驯顺、高分、好工作等坐标所指示的无聊世界吗？

如此这般思维抛锚了半天，他突然尿急，本想找个没人的旮旯解决，又看见一家五星级酒店，便假装找人似的溜进大堂去找厕所。方便之后觉得很爽，又对着镜子捯饬了一下发型，刚拉开门准备出去，迎面和一个打扮得花枝招展的性感女人撞上了。卡小卡先是闻到女人身上刺鼻的香水味，接着那女人就哇的一声吐到自己身上。

卡小卡赶紧将这女人推开，发现她竟有些眼熟。定睛一看，才认出这女人原来是依米。依米发现是卡小卡，略愣了一愣，又捂着嘴反身冲进女洗手间。卡小卡回到洗手池简单处理了一下身上的污渍，然后出来歪靠着墙等她。

“不好意思啊，刚才——”依米从洗手间出来，看见卡小卡，略显难堪地说。

“没事，你怎么样？”卡小卡问道。

“就这样，你不都看到了。”依米说完，摇摇晃晃地向酒店大堂走去。

卡小卡追了上去说道：“你要去哪儿？我送你。”

依米笑了笑，就自顾自地往前走。依米没说要去哪里，卡小卡只好一直跟着她。走到一个街心公园，依米找了个椅子坐下，脱掉高跟鞋，揉了揉脚踝，对卡小卡说，我渴了，麻烦你弄点喝的来。卡小卡去便利店里拿了两瓶水准备结账，又想到依米刚吐过，身体肯定不舒服，于是又买了两瓶热饮和一些面包零食。

回到公园，依米见卡小卡拎着一袋子的东西，笑笑说：“没看出来，你这人还挺细心。旸遇见你，运气不错。”她一边打开一瓶水，一边让卡小卡坐下，两个人就有一搭没一搭地聊着。

“你从学校搬走后，旸很舍不得。”

“你现在应该很庆幸我搬走了，没把旸还有那个伟哥给带坏了。”

卡小卡一时不知如何接茬，心想虽然不知道依米现在具体做些什么，但看她这情形也能猜个八九不离十。自己的女朋友和哥们儿身边少了这样的人，自然会放心些。

看卡小卡一副尴尬的样子，依米接着说：“你看，让我说中了吧。”

卡小卡笑了笑，没有说话。两人沉默了一会儿，卡小卡说：“那你……嗯……这是为什么？”

依米听了卡小卡的话大笑，“为什么？不为了钱，还能为什么？你还真是单纯啊！”

这让卡小卡大为不爽，心里涌起一阵厌恶。

依米继续说道：“别人都以为只要考上P大，往后的路就会一帆风顺，呵呵，我曾经也这么以为，想要通过努力学习来改变自己的命运。现在，我如愿以偿地考上了P大，可慢慢发现，什么也改变不了。”

这话倒让卡小卡深有同感，对依米说：“嗯，上了大学后，我也渐渐有些失望。”

“现实毕竟是现实啊！我父母都是下岗工人，妈妈身体一直不好，经常看病吃药，爸爸当了出租司机。他们省吃俭用供我上大学，我原想等我毕了业，好好找份工作，赚钱孝敬他们。可天不遂人愿，我刚上大学没多久，妈妈就被查出得了癌症，爸爸到处托人借钱给妈妈治病，现在看病可真难啊！起初，我找了很多兼职，家教、翻译、文案、服务员，我都干过，可赚到的钱还不够自己交学费。我也去过一些公司面试，他们只能提供实习生岗位，还没有工资。”

“既然让你去实习，为什么不给钱？”卡小卡问道。

依米回答说：“人家公司说，现在应届毕业生公司都不招，嫌没经验。公司肯给机会，让我积累经验，已经很难得了，还给什么钱。刚进P大的时候，总想着一毕业会有多少公司来抢呢，看来都是笑话。不要说现在我妈妈病了急等着用钱，就是她没病，等我毕业赚钱养活父母，短时间内也是办不到的。”

听了这话，卡小卡低头不语，若有所思。

依米又说：“我现在这样，与其说是现实所迫，不如说是我看透了现实。刚做这个的时候，我心里也很纠结。可看见一沓沓钱摆在我面前，我知道可以用这些钱给妈妈买进口药，爸爸也可以少受些辛苦，就觉得一切都值了。”

卡小卡很想说点什么，但又说不出来，打开一瓶橙汁递给依米。

依米接过橙汁，喝了两口，“现在我也想通了，趁着年轻能多赚点就多赚点。有客人看我年轻，还是个名校生，就想包养我。我也知道这是个很好的选择，但我不想做破坏别人家庭的事，这是我的底线，我这也算是自力更生吧。”这时候，一阵风把依米头发吹乱，她用手理了理。一阵不安的静默。

“那你还准备继续上学吗？”

“当然啊，好不容易考上的，怎么能说放弃就放弃呢。虽然我从学校搬出去了，但课我尽量不缺。女孩子有个学历，总是多了层保障。况且我也不能一辈子这样，等将来有机会，我就出国重新开始。”

卡小卡点点头，说：“你想得倒是挺长远的，不像我，现在转专业学了哲学，都是单纯从自己的兴趣出发的，并没有考虑家里人的意愿和将来工作的情况，跟你比是幼稚多了。”

“是嘛！不过说句心里话，我的成熟也是一种无奈。我还是很羡慕你和旸的，能在20岁的年纪经历一份纯真的感情，也是种福气。”话到此处，卡小卡似乎看见依米的目光有些闪烁。

依米躲避开卡小卡的注视，抬头看看天空，“北京污染越来越严重了，连颗星星也没有。我想我今天真是喝多了，才会和你说这些。不过，有些话和太亲近的人反而很难说出口，和你聊聊，整个人都轻松了。”

依米转过头，嘴角挂着一丝微笑对卡小卡说：“谢谢你，这会儿酒也醒了，我要回去了。”

卡小卡看时间太晚，想送依米回去，依米坚决不肯，自己打了辆出租走了。

夜色有些微凉，卡小卡一个人走在街上，想着依米为生计所迫过早地陷入社会的污泥当中，不能完全凭借自己的意愿去生活，不免对她产生了浓浓的同情。卡小卡又想到自己虽然没有经济负担，但在P大迫于学制的压力，做着自己不喜欢的事，和依米又有什么区别呢？依米尚且通过自己的努力帮助父母解决生活难题，而他自己却只能挣扎在没有出口的迷宫中。

当初，师姐是不是因为陷入这样没有希望的生活而选择了不归路呢？

夜更深了，卡小卡加快了脚步。

//

旸顺利地当选了学生会宣传部部长，兴高采烈地找到了卡小卡，把这个好消息告诉了他。卡小卡挤出一脸微笑，随便夸赞了两声。旸发现卡小卡又买了几本闲书，卡小卡正想向她介绍读书心得，却发现旸只是随手翻了翻，没什么兴致。不仅如此，旸还借机敲打他，问他今后打算怎么办，难道要一直这样做个读书汉吗？要不要考研？

卡小卡微觉气闷，想了想说："我不想考研，我觉得学哲学的人应该多接触现实社会，而不应该一直待在象牙塔里。"

旸说："这样也可以，那你也要提早做准备了。我知道，现在学校里有一些社团会帮助学生联系社会上的实习机会，提供面试建议，你可以去看看。"

卡小卡固然不喜欢P大的学习环境，但他对进入社会也没什么激情。今天，旸提起了就业的话题，让卡小卡突然想起了依米，卡小卡虽然同情她，但是，一想到他自己，他却不愿被生活牵着鼻子走。他也想到了师姐，虽然任性地追逐着自由，可道路一定不会是那么平坦的呀，他能超越师姐的困境吗？

在他的潜意识设想中，毕业之后还想去国家图书馆之类的地方随心所欲地读上一年书，然后再做打算。至于生活问题怎么解决，他还没有想好，或者你也可以说他是不屑于乃至逃避这个问题，或许当个自由撰稿人也可以养活自己。但是，为了给旸一个交代，他还是同意了，口是心非地对旸说道："行，我也想去会会。"

旸欣慰地说："你早该听我的劝了。我周末陪你去买套西装，你平时穿得太随意了，面试的时候应该穿得正式点，这样才显得职业嘛。"

卡小卡心里并不情愿，试探性地说道："我们还是学生，穿平时的衣服去面试就可以吧，没必要那么装。"

旸瞪了他一眼说："你这种态度就不对，我听那些师兄师姐说了，面试第一印象很重要，穿正装会显得你重视这次机会，再说社会上对我们P大学生要求本来就高，更不能给人家留下不好的印象。"

卡小卡说："好啦，尊敬的P大旸才女，你的意见就是圣旨，我完全遵照，好了吧?！"

旸笑笑说："这才像话嘛。"

周末一大清早，旸就把卡小卡叫了起来。卡小卡很不情愿地把自己从被窝里拎了出来，无精打采地陪旸去了商场。

旸的兴致很高，让卡小卡来回试穿，但不是嫌这家贵，就是嫌那家样子不好。逛到中午，总算买到一套价格不高、款式也不错的西装。卡小卡长舒了一口气，以为可以回去了。旸却兴致勃勃地说光有西装是不够的，还要全身搭配。卡小卡泄气地说，咱们总该先吃顿饭吧。

两个人简单地吃了点快餐后，回到商场继续购物。旸拿着领带左一条右一条地在卡小卡身上比画。卡小卡拎着上午买的西装傻站着，思维却不在当下。

他想到，西装是当代社会规训人的一种代表性的东西，它努力消除了人与人之间的个体差异，自己从本性上极其讨厌这种束缚。就好比学校用统一的制度批量生产出相同的学生，社会用统一的模式生产出一样的人。穿着西装的肉体，就像PinkFloyd《迷墙》里的人被统一加工成了驯顺而有用的肉体，在每一条生产线上，为了这个社会添砖加瓦。当他们老去的时候，就送回生产线搅成肉馅，被榨干最后一点有用性。

“你想什么呢，看看这条领带怎么样？”卡小卡的思维被打断了，敷衍地说着“挺好”“你拿主意”之类的话。他将目光投向旸，从旸的脸上仿佛看到了若干年后，一座办公大楼里拥出了黑压压的一片穿着西装的肉体。他知道自己身在其中，却怎么也找不见哪张是自己的脸。

卡小卡想逃，却被旸用领带套在了脖子上。

下午，旸拽着卡小卡又买了衬衣、领带和皮鞋。他拎着大包小包，跟在旸的后面。旸兴奋地和他分享着购物的过程，他则完全听不进去，只觉得疲累。看着旸为自己忙活的样子，卡小卡也有些感动，本也想让旸为她自己挑选几件衣服，旸却不同意，直说我现在不需要。

两人吃了晚饭，回到卡小卡寝室已经快到晚上九点，兄弟们都在。

伟哥看两人拎着大包小包，便打趣地说：“你们这是婚前购物去了？说好了，我可要当伴郎啊。”

旸笑着说：“去你的，你一天就没个正经。”

伟哥嬉皮笑脸地说：“姐姐，结婚还不是正经事。”

说着，随意翻开卡小卡拎回来的东西，看见竟是些西装、衬衣、领带之类的，便转过头对卡小卡说：“我靠，你丫真的要当新郎官了，不会是奉子——？”

旸抢过伟哥手里的衣服，厉声说：“少胡说八道，这是买来让他面试穿的。”

卡小卡在一边无奈地耸耸肩说：“哥要步入社会啦。”

伟哥说：“来穿上给兄弟们看看社会人长得啥样。”

强哥也跟着起哄说：“兄弟给你让路，给大伙走两步瞧瞧。”

卡小卡本来就不爽，面对他们的起哄便骂了一句：“去你大爷，要穿你们穿，我才不穿。”然后，将这些衣服胡乱塞进了衣柜里。

旸看到卡小卡此举心里很不高兴，感觉自己辛辛苦苦一天的劳动成果，对他来说都是多余，便没好气地说：“你怎么这么不爱好儿，新衣服也不知道挂起来，这么弄得一身褶子，怎么穿得出去。”于是又把衣服拿出来，重新整理了一下，工工整整地挂在衣柜里。

卡小卡小声嘟囔了一句：“还不知道什么时候穿呢，急什么。”

强哥说：“你们学哲学的出路窄，要是不提早准备，将来恐怕会吃亏。”

旸立刻回应道：“就是，哲学专业对口的工作本来就少，所以自己才要更加积极主动一些。”

刀哥试探性地说：“也不用这么早吧？！”

卡小卡心里很不是滋味，感觉自己在被推着走，原本给自己制订的庞大的读书计划看来也要泡汤了，便说了一句：“都是这位大美女给逼的。”

旸的脸色很难看，语气很冲地说：“我怎么逼你了，现在工作这么难找，是你自己没有紧迫感。”

说完，旸起身要走，卡小卡追出去想送她回去，旸说：“不用你送，早点休息吧。”

旸便头也不回地走了。

///

此次拌嘴事件之后，旸虽然有些生气，但还在积极帮助卡小卡。旸利用课余时间帮卡小卡做了一份简历，还联系了一个社团安排面试。卡小卡虽然参加了面试，却还是一副吊儿郎当的样子。

面试辅导官是P大就业指导中心的一位老师，先给大家讲了一些面试的注意事项，还当场向大家推销了一本他自己写的《面试技巧大全》。

培训之后是模拟面试，那天参加这个活动的有十几位同学，卡小卡被排在第六个面试。等待的时候，其他同学有的在看培训笔记，有的在互相评点对方的简历，只有卡小卡很不合群地在看一本课外书。

等了一个多小时，轮到卡小卡，他递上自己的简历。面试官对卡小卡说：“你好，请坐，你申请的是《全球时报》的记者，你先做个自我介绍吧。”

卡小卡说：“我来自P大实验班哲学专业，平时博览群书，关心国家大事，自认为文笔不错，对写作有热情，所以，我想要找一份与写作有关的工作。”

面试官问：“有没有在媒体实习过的经历？”

卡小卡答："没有。"

面试官问："有没有参加过校报的新闻报道？"

卡小卡答："没有。"

面试官问："有没有发表过作品？"

卡小卡答："在BBS上发帖算吗？"

面试官摇了摇头，接着问："你申请《全球时报》的原因是什么？"

卡小卡答道："《全球时报》的主编曾说过，'报纸的首要职责是维护国家利益，面对一个事件，我们不应该说假话，但可以不说真话，一切以国家利益为准绳。我自认有写作天分，但与这样的境界相去甚远，所以很想去学习学习。"

面试官看看简历又看看卡小卡，说："那你能为《全球时报》提供什么？"

卡小卡说："我能提供一种哲学思辨的角度，也许可以让《全球时报》的核心理念更完善。"

面试官挑了挑眉毛，又跟卡小卡简单聊了几句，然后对他说："你先回去吧，等待我们进一步的通知。"

面试之后，卡小卡收到旸的短信。卡小卡给旸回了电话，两人约在有名湖见面。

"你怎么没穿西装？"一见到卡小卡，旸就问道。

卡小卡说："这就是模拟面试，不用那么当真。"

旸生气地说："给你买西装为的就是实战演练嘛，你怎么还是这态度，简直拿你没办法。"

旸摇摇头，接着又问："面试怎么样？"

卡小卡对刚才的表现甚是得意，添油加醋地叙述了一番，自己边说边乐，也试图逗旸开心。没想到，旸听到之后更加生气了，呵斥他道："你闹够了没有！总是嬉皮笑脸没心没肺的，既然去了，就应该珍惜这次机会。"

卡小卡固然知道旸说的是有道理的，就没有辩驳，只是故作轻松地说下不为例下不为例。

旸继续说道："我劝了这么多次，你也听不进去。你不能只想到自己，也要考虑一下父母，我们不能让他们失望。难道毕业之后，你还要靠父母养活吗？"

卡小卡只是装作不屑地说："不用担心，一个人最重要的是他的能力，我相信自己足够聪明，有足够的意志去做好任何事！放心吧，Sweetheart。"

旸不耐烦地说道："我已经跟你说过了，你的能力仅仅得到身边人的认可是没有用的，你要得到社会的认可才行。"

卡小卡为了进一步表示自己的轻松和不屑，还在湖边随手捡了一块圆扁石，然后使出全力打了个漂亮的水漂儿。这石头在湖面上蹦了十多下，最后力尽了还慢悠悠地划了一会儿水才很不情愿地掉下湖里去。

卡小卡忽然记起以前自己和旸散步时，也打过一个水漂儿，奇怪的是上一次的水漂儿打得远不如这个好，但彼时的心境却那么爽朗，而此刻他心中满是凉。

卡小卡的大学生活便好似这水漂儿，最开始的时候最有力量，蹦得最高，就好比卡小卡刚来P大时的雄心壮志，好比刚认识旸时盛放的激情，好比刚认识羁野时对改变现状的强烈渴望。

随后，卡小卡便一步步地耗尽了自己的力气，最终走向沉沦。

且说卡小卡看那水漂儿打得真是漂亮，便拉着旸的胳膊说你看你看。旸哪有心情看它，只是冷冰冰地说我们回去吧。这是两个人最后一次去有名湖散步。

//

那是刚刚入冬的时候，天气格外的冷，卡小卡的火气却很旺，居然和别人在学校里打了一架。这天下午，卡小卡低着头边走边想问题，不料在转弯的时候和对面的两个又高又壮的体育生撞了一下。卡小卡因为在专注地思考，也就没在意，头也不回就往前走，那俩人在后面喊他他也没听到。那俩人气不过，跑上前去，其中一个稍高的男生恶狠狠地指着卡小卡的脸，冲卡小卡大声嚷道："你他妈聋啊！你他妈撞了我知道不，傻×！"那时，卡小卡正心里不痛快，见到他们这么气势汹汹的样子，也顿时怒火中烧，一边拨开那人的手，一边冲着那人吼了一声："走开！"那人听到这儿，便一下子把卡小卡推倒在旁边的草坪里。卡小卡急了，跃起来朝那人冲了过去。随即三个人就打了起来。卡小卡见打不过他们两个，便跳到草坪里捡起块砖头使劲朝他们扔了过去，这砖头正好打在那稍矮的人的脑门上，流了好多血。那个稍高的见这架势，便赶紧把他带到医院去了。卡小卡看到远远的有很多人围观，但谁也不敢上来拉架。这时，卡小卡突然感到无比畅快无比孤独！

卡小卡回到寝室，在盥洗室里简单处理了一下伤口，觉得没有大碍。这时，旸的电话打了过来，焦急地问："刚才打架的是不是你？"

卡小卡说："你怎么知道？"

旸说："闹得那么大，我同学都知道了。你怎么样，受伤了没有？"

卡小卡故作轻松地说："没事，一点皮外伤而已。"

随后，两人约在静园碰面。

旸一看到卡小卡，就仔细地检查伤口，还说要带卡小卡去医院。

卡小卡说："不都跟你说了没事嘛，别瞎操心。"

旸问："到底为什么打起来？"

卡小卡简单地说了事情经过。旸一听立刻就恼了，声音也大了起来："你为什么就那么冲动呢？当时为什么就不能忍耐一下呢？"

卡小卡反击道："你没见他们那副德行，我只不过是不小心撞了他们一下，他们就拦住我，对我推推搡搡的。我他妈的还不出手，那还算个爷们儿吗？"

旸说："你知不知道，事情现在闹这么大，学校肯定要严肃处理。你要是被记了过，以后可怎么办啊，这会影响你的前途的。"

卡小卡的嗓门也加大了分贝说："前途，前途，你就知道说这个。你以前不是很理解我的吗，可你现在却天天以前途的名义逼着我做那些我不喜欢的事情，我还有什么前途？"

“我不了解你？我怎么逼你了？！”旸惊恐地看着卡小卡，眼泪不觉掉了下来，说，“是啊，我现在觉得你也很陌生，根本不像我当初认识的那个聪明有才气有理想的卡小卡了。”

看到旸哭了，卡小卡也心疼，然而终究是正在气头上，便争辩说：“你从来没有问过我想要什么，你总想让我走一条世俗的道路。但在这条道路上，我看不到未来。我想要的是与众不同的人生，一个真正属于我自己的人生，什么买西服、面试、费尽心思讨好学校和社会只为博得他们的认可，这对我来说都是多余的。”

旸摇了摇头，往后退了几步说：“对你来说，是不是我也是多余的？”她双手抱在胸前，看着卡小卡的眼睛一字一句地说道：“你让我很失望。”

说完，旸擦掉眼泪，转身离去。

卡小卡望着旸的背影，有那么一瞬，他觉得自己的坚持仿佛都不重要了。他想喊住旸，但是张开嘴，怎么也发不出声音。他想冲上前去将旸揽入怀中，但他的双腿像灌了铅一样，怎么迈不开步。他只能看着旸越走越远越走越远，消失在看不见的尽头。

卡小卡被记了大过，那个稍高的被记了过，而那个稍矮的则只是被点名批评。卡小卡觉得不公平，想要学校重判，可学校不同意。这就意味着从此卡小卡的大学档案里除了一大堆糟糕的考试成绩外，又新添了这次不光彩的记录。这档案就好似一个牢笼，死死地把卡小卡囚禁到几张纸上。它将被展示给卡小卡将来要去的每一个地方，寸步不离地跟随卡小卡的整个人生。

卡小卡没敢把这件事告诉家里，他从来都是父母的骄傲，他害怕让他们失望，卡小卡根本不敢想象父母知道这件事之后的心情。

从此以后，他和旸也不怎么联系了，并不是因为不想念对方，而是因为横亘在两人之间的迷墙无法逾越。纵有千言万语，见了面也不知从何说起。卡小卡知道旸有很多事要忙，忙着考试，忙着学生会的活动，忙着自己的前途，而他自己呢？只愿把自己埋在书本里，逃避着本该忙碌的现实。

一天，他们在校园里偶然相遇，彼时他们已经将近一个月没见面了。两个人僵硬地笑了笑，默默地一起走了一会儿，便分开了。

回到寝室后，卡小卡翻看一些旧书，想从书本中找到一些支撑自己积极生活的力量。不经意之间，从中掉出了一张照片——是那个五月，两人在十渡的合影，照片中卡小卡面对镜头开心地笑着，旸则甜蜜地望着卡小卡，仿佛这个世界从不曾悲伤过，一股温暖的气息涌上心头。

卡小卡懊悔自己下午为什么不跟旸好好聊一聊，如此相爱的两个人不应该这么无声无息地变成路人，即使有难以打开的心结，也要尝试着去打开。

想到这儿，卡小卡下楼走向旸的寝室方向。他正想两人该怎么样重新开始，才能找回当初的快乐。这时，他突然看到旸和一个男生在路的另一头向这边走来，他赶紧闪在了一棵树的后面，失去了面对旸的勇气，悲哀地想到，我成绩不好，又被记了大过，以后还能做什么呢？现在工作普遍都不好找，学哲学的就更难找工作，我以后靠什么来养活旸呢？现在，连当个和尚都要学历，而我那被记了大过，成绩奇差的学籍档案，哪个机构又肯接受呢？难道以后去扫厕所吗？那么完美的旸，就让我给糟蹋了吗？也许旸应该跟一个更好的男人在一起……

当天晚上，卡小卡给旸发了一条短信：

“旸，我们分手吧。此时此刻，这一段如此完美的旅程，却充满了难以再继续下去的悲哀。我们必须要分开了，我已经看不到未来！但是我想说，旸，自从认识了你之后，我心中就永远都留有最纯洁无瑕的一角，那一角是用来存放你的容颜的。”

发完短信后，卡小卡买了几瓶酒，一个人来到有名湖。卡小卡看着他们曾经的足迹、曾经的影子，哭得那样伤心。他从小到大都没怎么哭过，但那一晚就像是做补偿似的把二十年来本应该哭却没哭的泪水都哭出来了。卡小卡本想喝个酩酊大醉来麻痹自己，可是后来又不舍得把脑海中那么美好的旸就随随便便地用这无情的酒水给冲刷掉，于是他把那些酒都倒进湖里去了。卡小卡一件件地回想关于旸的一切：想旸笑的样子，可爱、醇美、感动人心；想旸的声音，悠悠的，像四月的微风；想旸的体香；想和旸散步的时候；想自己生病时旸对自己悉心的照料，给自己擦背、喂药；想旸说永远不想再失去亲人；想旸说爱他的时候；想旸思考的样子；生气噘嘴的样子；想旸哭的样子；想旸给他写的信……想旸会想他吗？旸会害怕吗？想旸，想旸的一切……不能忘记！永远不能！这一切……每想一处，卡小卡就痛哭一次。那天只露了半边脸的月亮后来不知道藏到哪里去了，仿佛这多情的大石头都不忍心再看下去了。

Chapter 5

逃避

一个逃避规则的男孩

越过界河去送信

那是诗，或死亡的邀请

——北岛

期末考试，卡小卡挂了五科。由于平时经常翘课，卡小卡什么都不会；再加上整个人状态非常差，什么也思考不下去，所以，期末有三科没交论文，有一科考试时胡乱答了半个钟头就交卷，有一科干脆没去考试，其他没挂的科也多是刚刚及格，只有一科考试试题勉强可以用福柯思想去凑合着答的科目才拿了高分。

那个寒假，卡小卡不想回家，因为他知道父母要是看到自己这副颓废德行肯定会伤透了心。卡小卡不想让父母伤心失望，于是他骗家里说要去实习，就没回去。整个假期，卡小卡都是一种行尸走肉的状态，天天失眠，做噩梦，没有食欲，也不想动。过年的时候，外面很热闹，鞭炮噼啪乱响，礼花接连不断。卡小卡把窗户关上，把门锁上，把窗帘拉上，他不想看，他讨厌热闹！状态稍稍好转一点，卡小卡就读福柯，读卡夫卡，读罗伯－格里耶。为了能整天不出门，卡小卡买了一大堆饼干、面包和方便面。这些东西直到卡小卡仙去的时候都没吃完，它们发了霉，孤零零地躺在角落里，周围爬满了鬼鬼祟祟的蟑螂。

新学期刚开学，班主任叫卡小卡过去谈话。卡小卡很害怕，他知道他们要说他考试不及格的事，他不想让别人说。在去的路上，卡小卡想到了师姐，想到了羁野，想到了自杀。卡小卡恶狠狠地诅咒着那帮家伙，因为这样到了那里时他才会心平气和一点。

卡小卡到教务办公室时，班主任正在打电话，她示意让卡小卡先坐一会儿。很快，班主任就挂了电话，然后给卡小卡接了一杯水，微笑着问道：“最近身体怎么样？”

卡小卡一愣，不知道是什么意思，便回说挺好的。

“我听说你前段时间感冒了，看你现在气色不错，应该好了吧，噢。”班主任的笑容依旧很慈祥，那个熟悉的“噢”的动作依旧让卡小卡不适应。

卡小卡方明白过来，笑道：“多谢关心，现在好了。”

班主任喝了一口水，方款款地说：“我这次叫你来，是想跟你讨论下你的将来。我看了下你的成绩，凭现在的分数恐怕很难会保研。你知道，哲学系的名额本来就少，噢。你自己是怎么打算的？”

卡小卡也在为此发愁呢，但那时候却说：“嗯，这个我也知道，但没什么事：一来我学哲学不是为了拿高分，而是为了解决我自己的一些困惑；二来我对自己的能力很有自信，我从来不担心自己的前途。”

“自信就好，但下学期你是怎么打算的呢？如果考研，那么现在就要开始准备，上上补习班什么的，噢。如果要工作，那你现在要好好写简历，假期最好去找份实习，多去了解相关的行业，噢。”

“再看看吧，考研和工作都可以。如果考研的话，我的专业课肯定没问题，英语也不错，政治课不好，但是只有那几本书，背熟就行了。工作了我也有实习经验，公司不至于会不要一个能给他们赚大钱的人吧。甚至我自己创业也可以，我爸爸一直都是自己做生意，我从他那里学到了很多。”卡小卡从来都想不到他爸爸，一个学期下来也不跟他爸爸打一个电话，此时却搬出了老爸来搪塞，岂不是怪事？其实，卡小卡只把和班主任聊天当作一个不得不完成的任务罢了，为了早点完成任务，他必须使出一切招数。

班主任和蔼地笑了笑，笑得卡小卡浑身发毛。她说："我知道你很聪明，噢。但是，现在工作不怎么好找，而你学的又是哲学，对口的工作很少，噢。当然，现在很多工作不是专业性特别强，但一个刚毕业的大学生也是很难找到好工作的，噢。"

卡小卡毫不在乎地耸了耸肩，说："这个我知道，您放心吧，我可以做很多工作。即使不能一开始就去做主管，那也可以从基层做起嘛，然后一点一点地往上爬，没什么大不了的。"

班主任又喝了一口水，然后说："我看你有五门课没及格，按照学校规定，你要是再有一门不及格就要被退学了，你要注意一下了，噢。学校规定，毕业的时候如果有不及格的课程那就只给发结业证，不给发学位证。所以，下学期你记得要把这些课重修上，噢。"

卡小卡马上说："对，我知道，那五门课是太大意了，下学期就补上，及格肯定没问题。"

班主任的脸上闪现出一丝难以察觉的不悦，不过立马就恢复了一贯的慈祥，说："好，以后有什么困难可以来找我，噢。"然后，她又说了一些要注意身体之类的客套话，就让卡小卡走了。

卡小卡从教务办公室出来时，感到一阵恶心。卡小卡觉得自己好像犯了什么大错，似乎很快就会有人揭露自己阴险的伎俩。卡小卡抬头看到校园里精神饱满，步履匆匆的学生，感到自己跟他们不在一个世界。卡小卡觉得每一道目光都是刺向自己的利剑，它们刺透自己的肌肤，刺入自己的骨髓，他们在恶狠狠地指着卡小卡说，你这个骗子！废物！笨蛋！白痴！怪物！卡小卡真想跟他们大干一架，跟这个世界大干一架，把这一切都打碎！这一切让他害怕的东西……

不知是什么时候，卡小卡把钱包弄丢了。可是卡小卡不但不为此伤心，反而感到了些许的轻松。卡小卡想，那些东西终于丢了，那些代表我的身份的东西，那些被称为属于我的东西，那些在我的名字下囚禁我的东西，那些身份证、学生证、饭卡、澡卡……唯一的例外是旸给我写的那张卡片，因为它不代表我的身份，别人看不懂，它没有囚禁自己，没有向别人传递着自己爱打架成绩奇差的信息，没有人会因它而把自己当作笨蛋！白痴！有暴力倾向！怪人！废人！只有自己才懂得它的价值，因为它是旸送给自己的！那唯一的旸，那曾经深爱过自己的旸！那一段太平常太平常太刻骨铭心太无可奈何的爱情！！！

在校园里偶尔遇到旸，装出释然的微笑，礼貌地问候几声，心却在流血……

旸的笑容依然那么醇美，依然那么甜，而自己早已变成行尸走肉……

害怕……自卑……全身绷紧……不能思考……想逃跑……无处可逃……

心跳动……在摇撼着腹腔……突突突乱叫……好像柴油机……突突突……

没有食欲……没有性欲……失眠……没力气……全身被抽空……对一切感到厌倦……

不想上课……害怕考试……害怕……档案……学历……记大过……不及格……没有未来……

害怕……你们……同学……老师……领导……敌人……看着我……你们……眼神……

想妈妈……想旸……害怕妈妈的眼神……害怕见到旸……我害怕……想哭……没有眼泪……

心跳动……在摇撼……在折磨……在搅拌……全身……心不应该跳动……绝不应该……

感觉……崩溃……塌陷……沉下去……没力气……拯救……沉下去……下去……

想哭……害怕……没有朋友……孤独……绝望……害怕……我害怕……这个世界……

爸爸……妈妈……我要妈妈……我害怕……妈妈……害怕……活着……你们！！！

期中考试，卡小卡的成绩又是非常烂。马上要期末了，卡小卡害怕极了。卡小卡想到了福柯：勇敢的福柯，你会救我吗？你会让我坚强起来吗？你会让我对生活重拾信心吗？你会给我指出一条出路吗？卡小卡想到曾经读过两个中国学者写的解释福柯思想的书，他上网搜索了一下，发现他们俩都是南方大学的教授：一个是A大学法国思想研究所的教授，一个是B大学社会学系的教授。卡小卡给他们二位发了同一封长信。信中，卡小卡说自己是P大实验班哲学专业大三的学生，说自己非常了解福柯，认真地读过福柯所有的著作，并做了大量笔记，也拜读过您的大作，受益匪浅。此外，自己对与福柯思想有亲缘关系的尼采、维特根斯坦、德里达、德勒兹和海德格尔也有深入阅读研究。自己非常喜欢福柯的思想，想进一步深造，但现在自己身处困境，因为自己成绩非常烂，保研想都不要想，考研也根本考不上。不过，自己的哲学水平肯定没问题，因为自己虽然经常翘课，但一直在充满激情地自习，自己的独立思考能力要超过绝大部分哲学系的学生。您二位能否通过某种非正常手段录取我为您的学生？我保证当了您的学生以后好好学习，永远都不再挂科。

两个礼拜后，其中一个教授回了一封简短的信，信的内容如下：

卡小卡：你好！

很高兴你能对福柯的思想感兴趣。但是按照规定，如果不能保研，那么想来我这里学习就只能去考研。考研呢，主要是注意英语，下功夫背一背，没问题的。祝你好运！

另一个教授永远都没有回信。

Chapter 6

转身

一定要走下去。

我走不动了。

我还要走下去。

——贝克特

卡小卡只身走在校园里，路上有一大堆的人远远地瞪着卡小卡。卡小卡看到那里有班主任，有系主任，有寝室的同学，还有其他很多认识的和不认识的人。卡小卡不解，欲上前去问个明白，人们却像见到怪物一样唯恐躲之不及。卡小卡感到无比孤独。这时，旸从远处走过来。卡小卡非常开心，欲去拉旸的手。旸却面有惧色，下意识地躲了一下。

卡小卡识相地离开一定的距离，问旸："他们都怎么了？"

旸说："你脸上正爬着虫子呢，你别动，我给你打下来。"

卡小卡自己摸摸脸，什么也没摸到。卡小卡很疑惑，却没有问旸。

旸拿着一个苍蝇拍使劲打卡小卡的脸，看样子根本打不掉，于是，旸又拿来一根木棍打，可仍然不行。

卡小卡问旸打掉了吗？旸累得满头大汗，摇摇头，说："不行啊，它就是你身体的一部分，打不掉啦。"说完，旸转身要走。

卡小卡说："你要走吗？"

旸说："对啊，我们不是同一种人啦，我们不能在一起啦。"

卡小卡慌了，说："你是我女朋友啊，我们不是彼此相爱吗？你怎么能撇下我呢？"

旸说，你现在是怪物啦，别人都怕你。如果我和你在一起，别人也会怕我啊，你不要再缠着我啦！

卡小卡伤心极了，可是又不敢去追旸。正在卡小卡不知所措的时候，看到妈妈走了过来。妈妈一脸疑惑的样子，睁大眼睛看着卡小卡，问道："你是我的儿子吗？"

卡小卡忙说："是啊，妈，我是卡小卡，你不认得我了吗？"

妈妈说：“不，你不是卡小卡，我儿子很优秀的，你怎么会是他？你长得不一样，你说话的声音不一样。”

卡小卡急得大哭起来，伸出双手欲投入妈妈的怀里，急声说道：“妈，是我啊，我是卡小卡，我是你的儿子啊，难道你不认识我了吗？你不要不理我啊不要啊……”

可是，妈妈也躲开了，转身便走。

卡小卡从后面边哭边追着妈妈，口里一个劲地喊，妈！妈！妈……

卡小卡忽然从梦中惊醒，摸摸自己的脸，没有虫子，却满是泪水，心在扑腾扑腾乱跳。他还在哭，他怕吵醒寝室的同学，便咬着被子，不让自己哭出声。他想知道自己脸上是不是真的有什么奇怪的东西，便擦干眼泪，轻轻地下床，来到盥洗室。他从镜子中仔细地审视自己的脸，没有发现虫子，却发现了自己很陌生的悲伤。他对着镜子做各种表情：抿嘴微笑、张开嘴笑、哈哈大笑、咧嘴哭、眯着眼睛大哭、惊讶、愤怒、生气、郁闷、发呆、翻白眼、吐舌头，可是无论做哪种表情，都摆脱不掉那种悲伤的印象，好像它真的是自己脸上的一部分。卡小卡静静地看着自己的脸，眼睛无神，眉毛很粗，瓜子脸，高鼻梁，鼻子下面长了胡子……他觉得这张脸似乎是自己，又似乎不是自己，他自己也糊涂了，难怪妈妈也不认识自己了。看着看着，两行泪水几乎毫无征兆地流了下来。它从眼睛里溢出，顺着鼻子和脸颊的交界处流到嘴边。他伸出舌头舔了一下，味道非常苦。卡小卡想，镜子中的这张脸为什么要流泪呢？这张脸为什么看起来既熟悉又陌生呢？怎么才能断定一张脸就肯定是那个人呢？妈妈都说这不是我，那这怎么可能就是我呢？怎么才能认定一个人是我呢？我又是谁呢？

卡小卡呆呆地回到寝室，瘫坐在椅子上面，一件一件地回想自己的经历。想自己当初踌躇满志地来到这里，刚刚和寝室的同学混熟，师姐就自杀了；然后，发现自己并不喜欢物理，便糊里糊涂地转到哲学；在上哲学课时偶然遇到了旸，在论坛上又偶然遇到羁野；旸把自己带去支教，羁野向自己介绍了阿美寮，介绍了福柯；自己变得经常翘课，总是一个人看书，成绩慢慢后退了，直至渐渐地熟悉了老师们那种责备的眼神；后来，因为打架被记了大过，和旸分手了；班主任把自己叫去谈话，自己觉得所有的人都变成了敌人，让自己无处可逃。卡小卡想，自己从没倾心地和父母交流过，父母怎么也不会相信一直让他们感到骄傲的儿子竟会生活得这么痛苦。自己怎么就由一个踌躇满志的傻小子变成了现在的这躯行尸走肉呢？怎么竟会发生这么大的变化呢？现在的自己和当初的自己恐怕只有名字是一样的，其余的全都变了。如果时间可以旅行，当初的自己肯定不会认识现在的自己，现在的自己也会觉得当初的自己是那样陌生。那么，谁又能肯定现在的自己和当初的自己就是一个人呢？妈妈不认识自己了，旸不认识自己了，怕是天天生活在一起的寝室的同学也不认识自己了，甚至自己都不认识自己了。到底是什么力量让自己发生了这么大的变化呢？回想当初，恍如隔世……

卡小卡想，这一切的发生恐怕都是偶然的：当初自己偶然地认识了师姐，偶然地来到实验班，偶然地被分到这个寝室，偶然

地得知了师姐自杀，偶然地选择了哲学，偶然地认识了旸，偶然地认识了羁野，甚至爸爸的某一个精子偶然地和妈妈的卵子结合才产生了自己，正是这些偶然造就了现在的自己。可是，如果没有这些偶然又能怎么样呢？如果没听说过师姐，自己不来P大，如果不认识寝室的同学，如果师姐不自杀，如果没选择哲学，如果不认识旸和羁野，如果没去过支教的学校和阿美寮，甚至如果没有和旸分手；自己不来P大也会去别的大学，去别的大学学物理也会发现自己不喜欢物理；去别的大学也要按照规定去上课，去修学分，去考试，自己也会感觉受压抑；去别的大学自己也会翘课，也会不及格，也会把自己惨不忍睹的成绩写进伴随自己一生的档案，也会看到老师们责备的目光，也会和女朋友分手，也会被班主任叫去谈话，也会被同学们视为异类，也会变成怪物，站在所有人的对立面，成为他们的公敌，无处可逃……那么，现在的自己已经穷途末路了吗？必须要离开了吗？扫厕所！对！自己还可以扫厕所！扫厕所的公司应该不会在乎自己被记过大过吧？不会在乎自己不及格吧？不会在乎自己有暴力倾向，智商低下，好吃懒做吧？不过，也有可能会的，哪个公司不想要更好的人呢？不过，也许自己会碰到一个开明的主管，不在乎自己的档案，给自己一个面试机会，并经过层层面试，允许自己在公司里试用三个月。在这三个月里，自己要好好表现，扫的厕所要比所有人都多，都更干净，那么公司可能就会录用自己了呢！自己当初来P大不就是这样来的吗？在全国几百万高考考生当中，自己考了个出奇的高分，竟然来到了神圣的P大！父母不一直为此而骄傲吗？能够在高考中战胜那么多人，考上了P大！这不是天才是什么！老师不也为此沾光吗？高中老师讲一辈子课也没教出几个 P 大的天之骄子啊！同学们不也羡慕自己吗？那可是所有人都梦寐以求的 P 大啊，那可是天堂啊！可是，如果现在自己去扫厕所又会发生什么呢？父母会怎么想呢？老师呢？同学呢？旸呢？我害怕！我害怕！！我害怕……

如果离开呢？割脉会很疼，要流一大堆血，还不一定能死成。如果最终被救活了，那也忒没意思了！切腹也一样，日本人把切腹自杀看成是英雄的行为，可是我既不是日本人，又不想当英雄，我只求痛痛快快地离开这个世界！卧轨也许是个好选择，躺在铁道上，几十节车厢轰隆隆地从自己身上轧过，这种死法很彻底，当初海子不就是这么死的吗？可是终究没有跳楼来得痛快。跳楼的时候，只有站在楼顶往前一跃那个动作是出于自己的意志，自己在空中飞的时候就已经解脱了，落地的瞬间只不过是这仪式中高潮过后的结尾部分。最妙的是整个过程还不到两秒钟，干净利落。两秒钟之后，自己就不再是那个有暴力倾向爱打架的人了，自己就不是考试不及格智商低下好吃懒做的白痴了，老师就不会用那种责备的目光看着自己了，父母就不会对自己失望了，别人就不会认为自己是怪物了！是啊，那不就是解脱了吗！这种选择不是比扫厕所更好吗？

师姐！对，师姐当时是怎么想的呢？师姐的清单上写的什么呢？我的清单上又会是什么呢？

卡小卡也列了一张清单：

离开世界的理由： 成绩差！不及格！记大过！无自由！父母的目光！老师的目光！同学的目光！所有人的目光！害怕！没有希望！没有归宿！没有未来！笨蛋！白痴！怪物！我是怪物！！！	活下去的理由：

师姐的清单肯定不是这样写的，但是无所谓的，具体的理由可能不一样，师姐自杀之前的感受卡小卡却可以真真切切地理解了——那种至深的、无处可逃的、无法摆脱的、没有一丝光线的、彻彻底底的绝望！如果一种处境不给人留下生活的希望，那么他就会想到自杀！

想到这里，他感觉不那么沉重了，眼泪也跑得远远的去了。天边已经露出了鱼肚白，他一点睡意都没有。他知道，现在的自己一闭眼就会做各种可怕的噩梦，只有那永恒的长眠才会让自己睡得安稳。他感觉到一股强大的力量在拉着自己，欲把自己拉向另一个世界，拉向没有学校、没有考试、没有档案、没有学历、没有敌人也没有怪物的无何有之乡。

此时，伟哥也起床了。伟哥因为要考研，所以这段时间天天早出晚归。伟哥看到卡小卡竟然比自己先起床，便说："我靠，太阳从西边出来啦，你丫竟然也有早起的时候！"卡小卡说："你丫赶紧自习去吧！小心考不上永远也不能'脱光'！"这是卡小卡最后一次和伟哥说话。不一会儿，刀哥也起了。刀哥看卡小卡在沉思，便说：“你小子研究什么哲学问题呢，废寝忘食啊？”卡小卡说：“是啊，很深奥的问题，呵呵！赶紧去跟你的MM自习去吧！”刀哥说：“去死！别听伟哥瞎说！”这是卡小卡最后一次和刀哥说话。强哥最近有点萎靡，自从强哥对自己的“强势哲学”信仰发生动摇之后就一直很萎靡，这天九点半才起床，也没跟卡小卡说话，就去打开电脑玩游戏了。

卡小卡留在书桌上的遗书：

你们仨都给我好好活着！

伟哥，你丫最傻，你丫总说想做广东首富，但我知道你是开玩笑的，对吧？我真希望你丫能一直这样糊里糊涂傻了吧唧开开心心地过一辈子！

刀哥，其实我一直都很佩服你这小子，我相信你能拿到一个好学校的offer，我相信你最后能在一个好的实验室工作，好好干！兄弟！但是记住，文武之道，一张一弛。如果你真的喜欢学术，那么就不要太在乎学术之外的那些东西！

强哥，你的性格本来很强硬，后来变得软了许多。这是好现象，没必要总是把自己绷得太紧了。我相信你将来会做一个正直的政治家，我希望到时候你能多关注穷人、艾滋病人等弱势群体，努力为他们创造一个好的生存环境！

你们要哭，为你们厚道的兄弟我而哭，但不许哭得太伤心，否则我在地下都会骂你们这群傻X！

最后，请你们转告我的父母，说我仍然爱他们，要他们好好活着。

……flyyying……轻松……久违了……地面……大地……飞……空气……飘……呼吸……解脱……轻松……微笑……flyyying……微笑……大地……回归……飞……离开……呼吸……飘……飞下去……落地……地面……久违了……飞……微笑……轻松……

Chapter 7

无足鸟

我们飞翔得越高，

我们在那些不能飞翔的人眼中的形象越是渺小。

——尼采

常常，我会做同一个梦，梦见自己变成了一只无足鸟

在风中飞呀飞，很自由，很骄傲

庄周梦蝶，物我两忘，传成千古佳话

苍蝇梦见自己变成了苍鹰，那只是一个笑话

我就是一只苍蝇，整日蜗居在污秽之中，无比卑微

我的生活如同死水泥潭一般，没有任何希望

其实无足鸟并不自由，它被囚禁在了空中，只能不停地飞

它从不栖息在某一个枝头，它没有一个归宿

然而至少，它可以自己决定自己的方向

我呢？

难道我整个的人生就注定要生活在这一成不变的污秽之中吗？

不！我要反抗！

我决定做一次无足鸟，自由地飞向另外一个地方

我要自己决定自己的生活，不再向任何外力屈服！

卡小卡

2008.4.1

Chapter 8
出走

有时候一个人偶然到了一个地方，
会神秘地感觉到这正是自己栖身之所，
是他一直在寻找的家园。

——毛姆

2008 年 4 月 1 日是卡小卡 28 岁的生日，这一天他决定再次逃跑——从北方某不健康的小报社逃到海南。当突然产生这个想法时，他全身的精神为之一振。用王小波的话说，这情形很像敦伟大友谊敦到最后时那种“忽然之间从头顶到尾骨一齐收紧……”的状况。受这种非理性情绪的支配，他马上写了封辞职信，退了房，收拾好东西，买好车票便去海南了。

那时，全国正遭受着一场莫名其妙的金融风暴的困扰：各种商品实物连连涨价，股市楼市却暴跌不止。然而，这些让大城市里的人谈虎色变的东西对这座边城似乎并没有多大的影响，在北京随处可见的奥运气息在这里也找不到一丝踪迹。跟他上一次来时相比，这小城没什么变化：巷子里依旧满是物美价廉的大排档，傍晚的海湾里依旧停满了饱经沧桑的小渔船，广场上那棵参天大榕树依旧忠实地守护着小城人悠然自得的脚步。

他在离旸家比较远的海边租了一个房子。那房子在顶楼六楼，45 平方米左右大小，房间里能做饭能洗澡，厨房里有冰箱，客厅里还有一套旧沙发，最重要的是周围的环境非常安静，自家窗户外就是浩瀚的大海，而且房租很便宜，每个月只要 350 块。他对这一切都非常满意，便先交了一个季度的租金。

他买了一大堆啤酒放在冰箱里，平时自己买菜做饭，偶尔懒了也会去外面吃。银行卡里还有一笔存款，他暂时不用为经济问题担心。就这样，他每天的生活就是散散步，读读书，看看海。在看海的时候，他偶尔也会抒发几句诸如“面朝大海 / 我无限惭愧 / 我年华虚度 / 空有一身疲惫 / 就像所有以梦为马的人一样”

这般的感慨，但更普遍的情况是他为自己终于摆脱了那种身不由己的生活而感到轻松自由。总之，那时他的生活，有一点孤单，有一堆惬意。

他早就放弃了自己的哲学家之梦，不过，作为一个“哲学爱好者”，为了安慰自己，或欺骗自己，他仍会不时地翻翻哲学书。特别是他对福柯的兴趣依然浓厚，以至于这些年来，一旦图书市场上出现了关于福柯的新书，他都会买。当然，买了也不一定看，装装样子而已。来海南之前，他把很多书都扔掉了，但福柯的书他一本都舍不得扔，全都带来了。他平时的工作很忙，加上工作了之后，很难找到状态静下心来去认真地读书做笔记，而搞哲学却又恰恰是一项非常需要耐心的工作，所以从开始工作到现在的七年中，他竟从未能找出时间来系统地做一些阅读研究。现在，他终于摆脱了工作的纠缠，又有这惬意的环境陪伴，所以他竟很快就又回到整天茶饭不思“啃福柯”的状态了。

我们甚至可以说，现在他阅读福柯的劲头比在P大时更足了。既没有作业的干扰，又没有考试的压力，促使他去阅读福柯的，完完全全是一股内在力量。他边阅读边做笔记，很快就记满了好几个本子。遇到难点他就把书放下，心平气和地从各个角度来思考它，直到把问题弄明白了为止。在阅读过程中，他狂喜地发现，时光并未泯灭他的热情，福柯仍然令他不可遏制地心潮澎湃。

《古典时代疯狂史》——如果理性是通过巧妙、残忍地排斥疯狂（非理性）才逐渐确立了自身，如果疯狂的历史就是其不断遭受理性各种方式的禁闭、规训、迫害，以致其最终陷入沉默无声的历史，那么，理性与疯狂，到底谁疯了！？

《规训与惩罚》——如果监狱的诞生并不是人道主义的胜利，而仅仅是一种更巧妙、更有效、更无视自由的规训权力征服惩罚领域的结果，如果这种规训权力不仅仅征服了监狱，进而征服了学校、工厂、军营等社会的方方面面，那么，我们当代社会是否可被称为一个大监狱？！个人自由何以可能？

《不正常的人》——如果不正常的人的谱系学恰恰为正常人确立自身提供了禁止跨越的界限，如果正常人自愿受到比所谓不正常的人更多的可笑束缚，那么，到底谁正常，谁不正常？！

《快感的享用》——在历史上，性是怎样一步步成为道德的问题？人们为什么要一边享用快感一边受到自己良心的谴责？古希腊人对待性的态度为什么与我们有如此大的不同？如果去掉性的道德外衣，把享用快感单纯作为“生存的艺术”的问题来思考，那我们是否会拥有更多的自由？

《自我的呵护》——如果说古罗马人对待性的态度是服从于“呵护自身”这个总主题的，那么他们具体都是怎样思考、怎样实践的？这些能给我们带来哪些启发？当代人的生存美学何以可能？

相比于七八年前，他对福柯的感悟发生了一些变化。如果说那时他更关注福柯思想中解构传统、批判教育的那一部分，那么，现在他更关注福柯晚年的“生存美学”思想。“生存美学”主张人们按照美的精神去生活，把个人生活的方方面面雕琢成一件美不胜收的艺术品。在这种生存美学思想的启发和引导下，他认为自己慢慢会成为一个“享用快感”和“呵护自我”的专家。我们发现一个有意思的现象：从来不喝茶的卡小卡竟然开始天天给自己泡菊花茶喝了，难道这就是在“享用快感”？抑或是所谓的“呵护自我”？是这样的，卡小卡综合考虑了海南的气候、自己的体质和季节等因素，认为喝菊花茶对他有好处，于是他就去做了。他认为，这就是“生存美学”对他的影响之一。有人会提出异议：一个身强力壮、满脸胡须的大男人，却成天捧着杯菊花茶，这即使谈不上丢人现眼，也实在是毫无美感可言，还自我标榜什么生存“美学”呢？对此，卡小卡的反驳很简单：我说的“美”不是你们认为的那种美，即流俗的美、外在的美，而是“生存”的美。再说菊花茶咋了？爷们儿——我，还要写诗赞美它呢！如果诸君肯赏脸，愿意听卡小卡唠叨，那么他准会不厌其烦地向你们解释，生存美学的领域涉及养生、道德、家政、心理、哲学、艺术、性爱、工作等生活的方方面面，而不是那么简单的。如果承蒙诸君看得起，愿意骂他两句，他甚至可能会乐此不疲地向你们暗示你们的想法总是太肤浅了，而生存美学可是很深刻很复杂的啊——复杂深刻到连他自己都没怎么领会其中奥妙的地步。

——他疯了吗？一个28岁的成年人，一个党和国家辛辛苦苦培养出的P大肄业生，不去好好工作，不去结婚生子，竟然整天读那个乱搞同性恋的福柯！他到底要干什么？真叫人恨得牙痒！

——也许他会这样为自己辩护：我读福柯绝不是为了成为福柯专家，而是为了我自己。福柯的思想以这样那样的方式启发了我，我佩服他，迷恋他，迫切地想知道从他身上还能获取哪些启发和乐趣。我并不是福柯的信徒，福柯也不可能有信徒。正如福柯本人一再宣称的那样，他的哲学不可以被理论化、抽象化和教条化，他的思想世界中不存在任何真理命题，存在的只是活生生的思考与诊断。福柯是一个领路人，他带我走上的是独立思考的道路。对于福柯那样的思想，最合适的表示敬意的方法恰恰是使用它、改造它、超越它，让它发出痛苦的呻吟和抗议。如果有人声称我没有忠实于福柯，我绝对会对此不屑一顾！

也许现在是该谈论下卡小卡的滑稽形象的时候了：从胡子上来讲，他是在抄袭罗伯－格里耶（即鼻子下边一道雄壮的八撇胡＋浓密的络腮胡）；从衣着上来讲，他是在剽窃卡夫卡（即我们不知道他的着衣风格）；从眼睛上来讲，他是在模仿尼采（即近视眼）；从身材上来讲，他是在模仿米兰·昆德拉（即高大强壮）；从个性上来讲，他在遵从他的自我（即没有个性）；只有从年纪轻轻就开始秃顶这一点来讲，他才是在追随福柯。因此，我们理解了他不是福柯的跟屁虫。所以，我们也能理解为什么他给黛玉的第一印象并不好。

//

也许是海风太大，睡觉没关窗的缘故，一天早上，卡小卡醒来时感觉头晕目眩，摸摸脑门，有点发烧。这件事说明，此时卡小卡的生存美学境界还很低，没有恰当地呵护好自己。卡小卡想自己只有一个人在这里，谁都不认识，要是病重可就麻烦了。于是，他就去附近的一家小诊所看病了。

因为那时还早，诊所只有卡小卡一个病人，大夫给卡小卡开完药就出去和别人聊天了，病房里只剩下卡小卡和一个护士。那护士叫黛玉，她给卡小卡扎完针便坐在椅子上看书。卡小卡斜靠在病床上，看黛玉的侧影很像旸，便情不自禁地盯着她看了好半天。黛玉感觉到了卡小卡在不礼貌地盯着自己，所以不一会儿，她便满脸愠色地走过来，皱着两弯似蹙非蹙 烟眉，瞪着一双似泣非泣含露目，对卡小卡厉声说道："喂！你总看着我干什么！"

"你在读什么书呢？"卡小卡微笑着看黛玉的眼睛，并没直接回答问题。

"我读什么书关你什么事？"

"是《红楼梦》吧？"

"是又怎样？不是又怎样？"

"你认为一本书在何种程度上属于其作者？"卡小卡的问题似乎有点故弄玄虚，"比如，曹雪芹创造了林黛玉，那么别人写林黛玉就是对曹雪芹剽窃或模仿吗？卡夫卡用K作为他小说主人公的名字，那么就只有卡夫卡才拥有关于K的全部真理吗？"

"我不知道你在说什么，"黛玉似乎有点生气了，"我不想跟你说话，你也不许再看着我！"说完，她就回去看书了。

这情景勾起了卡小卡久违的泡妞欲望。卡小卡潇洒地点了支烟，一边吞云吐雾，一边仍旧看着黛玉，而且是笑眯眯地看着她。黛玉虽然眼睛在看书，但是肯定也觉察到了卡小卡的动作。她显然感觉很不自在，一会儿捋捋头发，一会儿咬咬嘴唇，小动作不断。不一会儿，她又气冲冲地走过来，瞪着卡小卡说：“你到底想怎么样？”说着，便把卡小卡手上的烟抢过去，厉声说诊所里不许吸烟，然后把烟碾灭扔进垃圾桶。

卡小卡愣了一下，随即想到《阿飞正传》，便学着阿飞的样子酷酷地说：“我只是想和你做个朋友。”

“我干吗要和你做朋友？”

“看着我的手表啊。”

“我干吗要看着你的手表？”黛玉不吃卡小卡那一套，说话语速很快，拒绝之意很明显。

“一分钟啊。”

“什么一分钟？”黛玉有些咄咄逼人。

卡小卡急了，忘了此时自己正在打点滴，不自禁地把自己的手抬了起来，那针管便一下子回血了。黛玉忙把卡小卡的手按下，整理了一下针管，说：“你别乱动！我看就是。”

于是，黛玉低头看卡小卡的手表秒针跳动了六十下，然后说：“时间到了，说吧。”

“今天是几号？”

“8 号。”

卡小卡眼神悠远地看着黛玉，说：“2008 年 4 月 8 号上午 8 点 03 左右的某一分钟你跟我在一起，因为你，我会记住这一分钟，从现在开始我们就是一分钟的朋友。这是一个事实，你不容否认的，因为已经过去了。”

黛玉想了一下，说：“这也不通，干吗这一分钟我跟你在一起我就一定要和你做朋友呢？难道我每跟一个人在一起一分钟我就必须要和他做朋友吗？这是什么道理？”

卡小卡一时无言以对，黛玉得意地笑了笑，便回去看书了。

后来的几天，卡小卡的感冒已经好了。但为了和黛玉见面，他仍然天天去扎吊瓶，而且为了拖延时间，他每次扎的时候都会把点滴速度放得很慢很慢。如此这般，卡小卡渐渐和黛玉熟悉了起来。

黛玉的身世很可怜，她本是海南人，但自幼父母双亡，从小寄居在北京的舅舅贾政家长大。贾政是个高官，家庭条件很不错，但是夫妻俩都患有不孕不育症。无奈之下，他们便领养了一个儿子，名叫宝玉。黛玉和宝玉从小吃住在一块儿，两人青梅竹马，互相爱慕。他们还有一些姐妹，如宝钗、湘芸等，也经常去贾政家和他们一起玩。到了结婚的年龄，黛玉本以为自己会和宝玉在一起的。可是，舅母王太太更喜欢宝钗，硬是逼着宝玉和宝钗结婚了。在宝玉结婚那天，黛玉悲愤地逃离贾政家，一个人回到海南。

黛玉本来是学医的，可她只是本科毕业，大医院招聘都只要研究生，自己开诊所她又没钱，于是她就在一个私人诊所里找了份工作。那诊所就是那大夫自己开的，雇员也只有黛玉一人。两个人其实也不大分医生护士，人多的时候两个人都开方子都扎针，人少的时候才主要是那大夫开方子，黛玉做护理。那大夫每个月给黛玉开 1500 块钱的工资，每周给黛玉放两天假，时间随黛玉自己选，若加班就按一天 120 块钱算。此外，黛玉每天吃住都在诊所，不算钱。这条件对于小城的经济水平来说，还算可以的。

不久，湘芸也结婚了。然而，苦命的湘芸刚结婚第三天，丈夫就死于非命，而且湘芸也是父母双亡，无依无靠的她只得来海南找黛玉。黛玉帮湘芸找了一份书店店员的工作，姐妹俩又在那诊所附近租了一套房子。那时，她们就这样过着还算安定的生活。

黛玉下班比较晚，湘芸经常会在下班后去找她，卡小卡也有事没事地就往黛玉那儿凑合，如此这般，卡小卡和湘芸也渐渐混熟了。湘芸非常开朗健谈，她见卡小卡对黛玉有想法，便邀请卡小卡去她们家吃饭。湘芸烧菜非常好吃，黛玉做汤则颇有一手，这惹得卡小卡后来总是去她们那儿蹭饭。出于礼尚往来，卡小卡也经常会给她们带些小说、唱片之类的小礼物。湘芸爱热闹，两家又离得很近，她便恨不得天天叫卡小卡去玩，以至于要是卡小卡三天不去，她还会用短信对卡小卡狂轰乱炸一番，非要把卡小卡叫去不可。三人在一起时总是嘻嘻哈哈有说有笑的，那真是一个开心的春天。

然而，卡小卡的心底也有一丝隐隐的忧伤。

尼采说，当人们在恋爱中时，总想尽量隐藏自己的缺点，这并不是由于虚荣的缘故，而是担心所爱的人会苦恼。真的，恋人们都想表现得像个上帝，而这和虚荣无关。

这简直就是在说卡小卡。

在和黛玉交往的过程中，卡小卡总是有意无意地隐藏自己的缺点，而把注意力引导到自己擅长的领域中。卡小卡隐藏了自己当年从P大退学的事，隐藏了海南是自己旧情人的家乡的事，也隐藏了自己原来在一家黄色小报当编辑的事，而总是愿意谈论福柯，谈论他的历史解构和生存美学。一旦黛玉和湘芸有事需要帮忙，卡小卡肯定会乐呵呵地努力把事情做到最好，好像为姐妹俩服务就是他人生最重大的使命似的。当黛玉问卡小卡为什么来海南的时候，他只含糊其辞地说自己不喜欢原来的工作，便辞了职跑来海南休息休息，并好好考虑下自己的将来。如果黛玉继续追问，卡小卡就说两句俏皮话应付了事，或者干脆搬出福柯的哲学，大谈诸如我们应该重估“真实”和“坦白”的价值，要知道绝对客观的真实是不存在的，存在的只是从不同视角看到的不同的真实游戏之类的大道理。黛玉是个聪明人，她一定意识到了卡小卡的怪异之处，但她也能意识到卡小卡在以他自己独特的方式热烈地追求着自己。比如，黛玉建议卡小卡不要再抽烟喝酒了，对身体不好，从此，卡小卡竟轻易地把烟酒都给戒掉了。再比如，在四月最后的一天，卡小卡给黛玉写了一首诗，企图以此表现自己内心单纯的诗意，奠定二人相处的基调，并最终赢得黛玉的爱情。诗如下：

我与她

迟来的四月
静默、福柯、书桌上的菊花茶
她的手很小，我的手很大
初妆的大地
桃花、小说、朝阳初华
真不相信，这就是她
多美的远山

澄澈、挺拔，两个孩子在玩耍

她的美很真，我的心若战鹰归家

早到的初夏

伴着小步舞曲，走啊，走啊

她的手很小，我的手很大

黛玉看到这诗，默读了一会儿，然后冷笑一声，说："你这也叫诗？"

听到黛玉在挖苦自己，卡小卡微微感到不快，因为不管怎样，他觉得自己在这几行字里可是寄托了很多真挚的东西的。卡小卡苦笑着对黛玉说："那黛大才女有何高见？不才洗耳恭听。"

黛玉又笑了笑，然后调皮地说："你把福柯和菊花茶并列在一起，是想暗示你的'生存美学'吗？怕是菊花和福柯两厢不情愿呢。"

卡小卡不解，傻呆呆地问："为什么呢？"

黛玉笑得更厉害了，说："谁不知道菊花是最孤标傲世的了，它怎么可能愿意跟你的大光头（指福柯）挨得那么近？你的大光头又那么特立独行，他怎么可能忍受得了菊花的孤傲？"

卡小卡也笑了，赶紧说："一个孤标傲世，一个特立独行，都与世界格格不入，不正好相配吗？"

黛玉摇摇头，略带忧伤地说："孤标傲世者隐藏的是自己有形的光芒，特立独行者隐藏的却是自己内心的真实。不一样的。"

卡小卡听出黛玉在拒绝自己。黛玉用这种隐晦的方式告诉卡小卡，她想要过的是隐士安静的生活，而卡小卡却总是和自己的真实做斗争，内心安静不下来。卡小卡不愿就此认输，反驳黛玉道："孤标傲世者和特立独行者都是孤独寂寞的，心底都有对知己的强烈渴望。也许特立独行者由于某种原因暂时不愿倾诉自己内心的真实，就像一个久经沙场的勇士不愿轻易地向别人展示自己的伤疤一样，因为他不想随随便便地博得别人的怜悯、赞赏或同情。但是，在适当的时机，他一定会敞开自己的内心的，否则怎能找到知己呢？"

黛玉若有所思地听着，过了一会儿，黛玉拿来纸笔，一气呵成写了一首诗：

问菊

欲讯秋情众莫知，喃喃负手叩东篱；
孤标傲世俗谁隐，一样花开为底迟？
圃露庭霜何寂寞，鸿归蛩病可相思？
休言举世无谈者，解语何妨话片时？

卡小卡默读几遍，感到黛玉是在逼问自己。尤其这最后一句："休言举世无谈者，解语何妨话片时？"短短十四个字，一幅活生生的图画却异常清晰地显示在眼前——我等着你向我敞开心扉呢。

该不该把一切都告诉她？该不该让她知道我曾经可耻地被P大退学？该不该让她知道自己这些年竟然靠写恶心无聊的黄色小说来养活自己？该不该告诉她海南是旸的家乡？该不该告诉她我是为旸而来？该不该告诉她我有如此难堪的过去？如果告诉她，

她会怎么想？她会认为我是个怪物吗？会从此就不理我了吗？她会不在意我的过去吗？会认同我的现在吗……

也许时机还未到，两人认识的时间太短，等彼此更加熟悉了之后再说吧……

卡小卡退缩了。

Chapter 9

苏醒

每一个不曾起舞的日子，

都是对生命的辜负。

——尼采

五月末的一天，伟哥给卡小卡打了个电话。

电话里传来伟哥那贱不啦叽的声音：“坦哥！哪儿呢？”

“海南，屌事？”

“我靠，你丫去那儿干吗？你不在北京做编辑吗？”

“我把老板炒啦，出来休息休息。”

“我靠，休息也不用去那么老远啊，你丫不会是又去找旸了吧？”

“去你大爷的！都这么多年了，我还找个灯儿啊！”

“唉，我说你也该找个女人了吧，也不能总找小姐啊，万一弄上 AIDS（艾滋病）怎么办？”

“戴套啊！我一次戴三个，还怕啥。再说人家是专业的，活儿好，懂不？去泡妞又要这又要那的，麻烦。”

其实，卡小卡从来都没找过小姐，他对和陌生女人上床不感兴趣。卡小卡虽然一直单身，但因为总有很多事要做，他其实很少会产生找个女人沟通一下肉体快感的需求。然而，在我们的文化中，如果一个 28 岁的男人还没有个固定的性伴侣，那么他只可能是 gay 或者阳痿。卡小卡对男人没有性趣，勃起功能也严重正常，但是为了便于交流，他就对外宣称自己是靠找小姐来解决问题的。

伟哥闻此感慨道：“靠！还是你丫牛掰！不愧是写黄色小说的。”

卡小卡不想跟他多废话，便催促道：“老大，我这是长途加漫游，你丫到底啥事快放！要不我撂了啊？”

“靠，别别，我要破产啦，小内裤都要赔进去啦，丫的跳楼的心都有了，兄弟一场，你丫看着办吧。”

“你丫被套了？”伟哥毕业后就在证券公司工作，他自称是中国的巴菲特，可是，无奈时运不济，炒股连连被套。

“本以为十拿九稳的，唉。”伟哥语气相当无奈，“我跟别人借了一大笔钱，六千点的时候全仓杀进去了，谁知道丫的从那以后一直阴跌不止，到现在我都不敢看啦。现在人家要钱，只能上你这攒点啦。”

“靠！你丫不是小券商吗？怎么也能赔？”

“我靠，你丫别提啦，券商算个灯儿啊，我们公司大楼都要赔进去啦！都说这回是老美做的庄，全中国都被丫套啦！我有什么办法。”

“强哥呢？他不是证监会的吗？你怎么不向他打听打听？”

“靠，一提他我就气，他丫当初还让我买中石油呢！”伟哥愤愤地说。

“靠！”卡小卡虽然不炒股，然而这大名鼎鼎的中石油实在是不容得你不知。

伟哥继续批判强哥道：“他丫算个灯儿啊，屁大点官儿，啥消息也弄不到，连印花税啥时候降都说不准，丫的还不如我呢！”

“去你大爷的！你丫赔这样还好意思说，明儿个把老婆也赔进去了，我看你咋整！”

伟哥有气无力地说：“唉，哥哥你就别说啦，赶紧拿钱吧！”

“你亏了多少？”

“我三年赚的都亏进去了，你算吧。”

“我靠！”卡小卡着实吓了一跳，要知道伟哥每个月的基本工资就有八千多。卡小卡只得安慰他说，“我就不说你啥了，唉，以后悠着点吧。我卡里只有7万多，现在我又没工作，你丫怎么也得给我留个万八千吧？然后，你再跟刀哥他们想想办法吧。”

“我靠，还是坦哥啊！爱死你了！啵……”

“滚蛋！”

他们又聊了一会儿，伟哥让卡小卡过年之前必须回北京，因为到时候刀哥会从美国回来，大家要聚一聚。卡小卡说好，回京给他打电话。

挂断电话后，卡小卡有点多愁善感起来：伟哥、刀哥、强哥是他在P大最铁的几个兄弟，自他从P大退学以来，他都没怎么见过大家，现在还真有点想兄弟们了。兄弟们过得还好吗？你们会重新成为我的铁哥们儿吗？

//

卡小卡本来在北京的一家色情小报当编辑，除了编辑别人的投稿，他自己也写黄色小说。单从工作本身来说，这差事其实挺不错的，工作很轻松，薪水也很可以——基本工资每个月五千多，自己写稿的稿酬每千字五十块，此外若是报纸销量好还会有奖金。总之，卡小卡每个月都能从报社赚到一万块钱左右的薪水。卡小卡平时没什么爱好，不泡吧不泡妞也不看电视，没事就是看看书写写字，所以这些年来卡小卡的经济状况还是不坏的。但是，抛开经济层面不说，卡小卡其实对写黄色小说这行当讨厌透顶。我们都知道正人君子应该远离这些恶俗的勾当，如果说有时候我们出于某些原因不得不意识到世界上竟然还有这种早该下地狱的东西存在，那么当我们离这些东西还剩一公里远的时候，我们就必须捂上耳朵，闭上眼睛和嘴巴，如果可能，也应该闭上耳朵，好像这些恶俗的东西会通过七窍流进我们的身体里似的。卡小卡绝不是正人君子，他写作黄色小说的时候丝毫都不会产生内疚感，更不会受到自己良心的谴责。卡小卡认为，既然我们的社会对黄色小说有巨大的需求，那我为什么不投其所好提供相应的供给呢？至于人们为什么爱看这么无聊的东西，那就不是我的事了。我自己不喜欢这东西，但是我不能阻止别人喜欢它对不？即使我可以为提升广大人民的精神素质做一份贡献，你们也应该给我提供相应的条件对不？然而问题不在这里，卡小卡虽然没有心理障碍，可是他的身体却常常不听话地抗议这项工作，其症状是卡小卡常常写着写着就想吐，恶心得不行——其实写黄色小说实在是件无聊得不能再无聊的工作，不就是那点破事吗，还要翻来覆去地写，丫的有完没完？就算是绝世美女让你连续看她个十年八年你都会厌，何况是见不到真人的黄色小说呢。卡小卡总想离开这些鬼东西，离得越远越好，永远都不见最好。可是，他又不敢辞职，因为他没有学历，去别的地方恐怕找不到这么赚钱的工作，所以他只能忍着。常言说得好，不在忍耐中灭亡，就在忍耐中爆发，煎熬了七年的卡小卡终于爆发了，这次辞职来海南，就是爆发的结果。

可是，现在卡小卡把钱都借给了伟哥。为了糊口，他只得继续捡起写黄色小说的勾当。卡小卡经验丰富，对那种小说的写作套路再熟悉不过，他静下心来一天可以写个一万多字。如果实在写不出来，他就把《金瓶梅》《肉蒲团》《痴婆子传》《如意郎君》这种古代黄书拿出来，把上面的情节颠倒个次序，把时间地点人物用现代汉语改写一遍，然后就能很轻松攒出几个短篇来。现代人不大喜欢看别别扭扭的古文，人们在欣赏卡小卡的大作时根本就觉察不出他其实是从古人那里找到的伟大灵感，所以，这样也经常可以蒙混过关。不过，卡小卡写黄色小说也是有自己的原则的，在他的小说里，那些有情调的、尊重女人的男人一般都是退学的或穷人这样的社会边缘人，那些搞床上暴力的、视女人仅仅为床上用品的人统统都是高学历、高官和事业成功的人——卡小卡在工作的几年中已经不怎么读福柯了，但福柯那强大的反叛思想仍然以某种滑稽的方式支撑着卡小卡的整个人生。就这样，卡小卡只要专心地写个五六天，就可以赚出一个月的生活费来。

正当卡小卡为糊口贼不溜秋地奋笔疾书之际，不幸发生了。

湘芸发现了卡小卡的秘密。

细心的看官会记得我们前文曾说过，湘芸开朗活泼爱热闹，是个标准的大话痨，隔个一两天就得和卡小卡狂聊海塞一通，否则就会觉得生活缺少了点内容。这眼见卡小卡三四天没啥动静，她怎能不憋得嘴痒痒？下班后，她给卡小卡发了条短信："大哲学家钻研啥问题呢？闭关了不成？"

卡小卡的确在闭关中，钻研的是关于凹凸运动的细节与创新问题，心情就像在漫天黄沙中咀嚼大把的活蟑螂那样昏天暗地，绝望得几乎想自宫，所以一时竟没注意到湘芸的短信。姐俩儿看卡小卡半天没回信息，想卡小卡是不是出啥事了？便不请自来去卡小卡家找他了（他们以前也常来）。

"叮咚，叮咚。"门铃声。

"谁？"

“查水表的。”湘芸调皮地答道。

卡小卡竟然相信了，毫无防备地开了门。

当两张漂亮的脸蛋出现在卡小卡眼前的一刹那，他几乎晕死过去。

不过，我们要佩服哲学家的定力，卡小卡没有晕倒，没有尖叫，他勇敢地挺住了。只见卡小卡先对二人挤出一个带哭腔的笑容，然后以迅雷不及掩耳盗铃之势转身 180 度，冲刺五米，企图藏起自己正在写的那堆黄色小说。

已经来不及了。

湘芸在慌乱之中夺过一张纸，“咦，大哲学家在写……”

只见姐妹两个先是脸色发白，然后满面通红，最后一声不吭地转身准备离开。

卡小卡欲哭无泪，只得在一旁绝望地哀号：“啊！我错了！别走，听我解释吧！湘芸，你就不能帮帮我吗……”

湘芸心软了，拉住黛玉，回身怒斥卡小卡道：“你这个……变态！赶快解释，这到底是怎么回事？”

卡小卡只得招了。卡小卡说自己当年学习不好，从 P 大退学，找工作到处碰壁，走投无路，只得干上写黄色小说的勾当。自己其实非常非常讨厌写黄色小说，但是自己没学历，找不到别的工作，所以不敢辞职。最近实在忍受不了了，加上自己还存了一笔钱，所以才辞职来了这里。但是，前几天把钱借给朋友了，为了糊口，只得又捡起了这勾当。卡小卡也提到了旸，提到了海南其实是旸的家乡一事。

湘芸听罢，便像吃了炸药一样痛骂卡小卡一通：恶心！无耻！畜生！垃圾！败类！没出息！窝囊废！禽兽——不如……

湘芸的痛骂其实让卡小卡很受用，因为这为黛玉解了气，避免了黛玉一声不吭转身就走，从此跟卡小卡断交这种最坏情况的发生。卡小卡体会到了湘芸的良苦用心，暗暗感激不已。

卡小卡严厉地自责一番，说自己的无耻程度超越了人类想象力的极限，简直不配生活在如此美好的地球上，自己以后肯定会痛改前非，改邪归正，再也不写这些无聊透顶恶了巴心的东西了。他还边说边把自己辛辛苦苦写完的稿子撕个稀巴烂，并同时暗暗痛心不已——那可是救命的银子啊！然后，卡小卡不争气地挤出几滴眼泪，解释自己当初为什么要退学，自己当时的处境有多艰难，自己有多痛恨这些让人空虚无聊的小说，但同时又有多依赖它们……

黛玉半天一言不发，想走被湘芸拦住，想留又觉得恶心得不行，此时终于开口了："你要赚钱有很多办法啊，能写这些东西，为什么就不能写正经的小说？"

卡小卡无奈地摊开双手，苦笑着说："你看我像写正经小说的料吗？怕写了也卖不出去。"

黛玉不能容忍卡小卡这么懦弱无能，她连珠炮似的斥责卡小卡："别人能写，你怎么就不能写！你比别人缺什么吗？你智商低下吗？你长了个脑袋就只会吃饭吗？"然后，指着卡小卡的鼻子咬着牙说："我告诉你，如果你要继续写那些东西，我以后就再也不会见你！"

卡小卡早领教过黛玉的脾气，不敢得罪她，只得装出一副天不怕地不怕的样子，拍拍胸脯说自己肯定会努力，然后笑嘻嘻地恭维黛玉、湘芸道："再说，有你们二位大才女给我做参谋，我怎么会写不出好东西呢？”

湘芸终于笑了，说：“姐姐和我不是小气的人，不会因为你的过去轻易否定你的将来。但是你以后必须要好好表现，要不然我们一定会跟你断交的！”

卡小卡重重地答应了一声：“嗯！”

就这样，卡小卡答应了以后要写“正经小说”，但其实他对自己一点信心都没有，打死他也不相信自己写的东西会畅销，所以开始的时候他一边写所谓正经小说，一边还偷偷地写黄色小说赚钱。可是后来，当卡小卡发现写这篇“正经小说”不只是编个故事那么简单，发现写作它的过程其实也是改变自己整个人生的过程的时候，卡小卡才认真起来。

且说后来他们商量要写什么样的题材好。卡小卡说自己的水平不行，恐怕还不如郭敬明，太难的写不出来，最好是写自己经历过的事，这样比较靠谱。黛玉认同这个说法，她说现在青春校园类小说很畅销，你可以写这种。湘芸补充说，最好要写得好玩一点，这样才会有人读。

于是，在黛玉、湘芸的鼓励下，卡小卡写起小说来。黛玉、湘芸的文学水平都很高，她们不但给卡小卡以巨大的鼓励，还直接参与小说的构思，并对小说进行最初的审查。卡小卡每隔两天就会把自己写完的东西拿给姐俩儿看，她们一般先是认真地读几遍，然后给卡小卡提建议说哪些地方太冗赘，该删掉；哪些地方的语言太呆板，缺乏张力，最好怎么改；小说的结构要怎么安排才合理；要怎么写才能让一些情节更合理，更有寓意，更有意境，等等。有的时候，卡小卡连续好几天都写不出一个字。这时，她们就会耐心地引导卡小卡，千方百计地帮他找灵感，或讲述自己的想法，或陪他散步聊天放松心情。

根据最初的计划，卡小卡本打算写一篇一个寝室四个同学共同成长的故事，简单来说就是描写他们大学生活的人和事：翘课、自习、占座、上课、睡觉、作业、抄袭、论文、剽窃、考试、挂科、老师、入党、社团、红包、点名、寝室、夜聊、打牌、QQ、泡妞、“脱光”、野战、同居、装B、嘚瑟、显摆、被甩、无聊、空虚、堕落、腐败、K歌、打架、受伤、校医院、游戏、通宵、缺money、打工、旅游、逃票、抽烟、喝酒、蹦迪、毕业、裸奔、恶作剧、骂学校、PK校风校训、VS学校规章制度，等等。结局是：在这样傻了吧唧地瞎折腾四年之后，四个人都成长了，每个人都过上了幸福美满的和谐生活。可是写着写着，卡小卡不断地回想起自己的大学生活，想起自己那几年的巨大转变，想起自己那时的种种郁闷，想起最终自己陷入的那种没有归宿的处境。那些尘封已久的可怕记忆如洪水开闸一般重新又冲击了卡小卡的神经，常常让卡小卡欲哭无泪欲罢不能，所以，不知不觉间，卡小卡竟把这小说写成是自己的自传体小说了。这小说原本的结局也跟卡小卡的真实生活一样：主角退学了，然后他以卖报为生，不久又当上了小报的编辑，直到28岁生日的突然辞职。写完之后，黛玉想了想，突然又建议卡小卡把结局改成主角自杀。她说，一来现在大学生自杀现象这么普遍，这样写能让小说更有现实性；二来这能让小说更有力量，以便引起有关人士疗救的注意。于是，卡小卡又让主角跳楼自杀了。小说的标题本来

想用《青春未名》或《P大那点屁事儿》，后来便改为《青春，我们逃无可逃》。

在写作的过程中，卡小卡一五一十地给姐俩儿讲述了自己的大学生活。姐俩儿不但是好参谋，同时也是非常好的倾听者。在卡小卡说话的时候，她们总会安静专注地听着；在卡小卡讲话的停顿处，她们总是会给以恰到好处的回应；在卡小卡记忆模糊的地方，她们还会设身处地地为卡小卡考虑事情的种种可能性，这甚至常常让卡小卡回想起了自己早已忘掉的往事。每当写到好玩的地方时，三个人会一起开心地大笑。写到伤心处，卡小卡还偷偷哭了几次，黛玉更是当着卡小卡的面就哭了好几次，湘芸倒总是嘻嘻哈哈的。如此这般，卡小卡和湘芸成了男女不分的好兄弟；和黛玉则逐渐建立起了一种“只可意会，不可言传”的微妙关系——对卡小卡来说，这种感觉是很久以前在旸的身上才体会得到的。

后来，黛玉建议卡小卡把自己从P大退学一事告诉家里（卡小卡一直瞒着家人），写黄色小说可以不告诉家里，退学这件事应该没什么关系的，毕竟过了这么多年了，家里肯定会原谅的。卡小卡想了想，觉得没有必要告诉他们。这么多年都瞒过来了，自己也习惯了。如果告诉父母，他们最终当然会原谅自己，毕竟他们那么爱自己，但他们也肯定会感到困惑和难受的。二老都进入了人生的晚年，能让他们快乐就让他们快乐，能让他们放心就让他们放心，没必要非得向他们坦白一切不可。最终，黛玉认同了卡小卡的想法。

在写旸的时候，黛玉问卡小卡旸现在怎么样了？卡小卡说她和一个比自己好一百万倍的人结婚了。黛玉闻此，很不屑地吐出四个字："妄自菲薄！"事实上，卡小卡早就自暴自弃了，他做着自己厌恶至极的工作，没事的时候就一个人抽着闷烟，喝着闷酒，怀念已为人妻的旧情人，这种生活能有什么希望可言呢？不过，和黛玉、湘芸一起写小说的这段时间，卡小卡感觉自己体内重又焕发了那种蓬勃的生命力，他对生活又重新燃起了热烈的希望，他开始对未来有了美好的憧憬，设想也许自己终会获得自由和幸福。

//

作者之死

卡小卡逐渐领悟到这次写作经历对自己意义重大，他感觉到写这篇小说和以前写黄色小说是两种完全不同的体验：写黄色小说其实无非是一个按照某种固定的模式往里面添加文字的简单游戏罢了，写得好与不好仅仅在于性描写是否足够过瘾，用词是否足够新颖刺激，而写这篇小说则完全不一样。从某种意义上可以说，卡小卡写作这篇小说的过程就是在改变自己人生的过程——改变自己头脑中的观念，改变自己对过去的看法、对现在的态度、对未来的期望，改变自己整个的人生状态。

以前，总有一些现成的思想观念（如死亡是不幸的、结婚是必须的、同情心是自然的、时代是不断进步的、爱情是最美好的，等等）潜藏在卡小卡的头脑（意识）中，这些思想观念可能是别人灌输给他的，也可能是他主动学来的。他平时意识不到它们，但它们却在暗中影响着他的生活。这些思想观念组成卡小卡与外界打交道的“认识机制”①，默默地帮助卡小卡认识、理解周围的世界；它们也是帮助卡小卡衡量一切的“价值标尺”，无声地评判着进入卡小卡头脑中的一切。从某种意义上可以说，这些头脑中的观念就像一个匿名的司令部，按照固定的程序在背后发号施令，支配着一个人的喜怒哀乐和一言一行。

现在，在写作过程中，在锲而不舍的沉思中，卡小卡把这些一直潜藏在自己意识中的种种观念挖掘出来，对它们进行推敲、锤炼、反复质疑，进行有意识的整理、编排、抛弃、重新融合，在文字中任由这些观念引发的种种可能性按照某种线索走向尽头，走向极限，走向不可能，让它们变成一种全新的东西，而不能再像以前那样支配着卡小卡的生活。从一个角度来看，可以这样说，随着小说的完成，作为这篇小说作者的卡小卡便死亡了，他死在了这篇小说中。从另一个角度来说，卡小卡通过这篇小说完成了一次飞跃——飞跃到另一个时空、另一个自我、另一个全新的处境，他变成了一个再也不会像以前那样思考行动的另一个人。罗伯-格里耶说：“人不了解世界，也不了解自己；文学不是用来消遣的，那是一种探寻。”福柯说：“一个人写作，是为了把自己变成另一个人。”在这篇小说中，卡小卡终于给这些自己曾经无比挚爱的文字找到了归宿。

更乖张的说法是这样的：其实作者这个词已经作废了，因为

① 我用这个短语意指那个潜藏在人的头脑中，支配人进行认识活动的无形机制。

这个词语本身就包含了不可解的悖论。在我们的文化中，作者这个词意味着写书的人对其所写的文字拥有一系列的绝对权威——包括解读的权威、修改的权威、所有权等。书属于作者，而不属于别人。在作者和读者之间有一条不可跨越的鸿沟，一方创造，一方接受；一方主动写作，一方被动阅读；一方做出评价，一方承担责任，这就是我们文化中读书行为的游戏规则。正因如此，当我们读到“惟女子与小人难养也”这种反动言论时，我们就要撸起袖子义愤填膺地破口大骂孔老二是个他老母的浑蛋！——因为这句话是他说的，他要对此负全责！至于他为什么这么说，他这么说到底是什么意思，他这么说的时候脑子里在想什么，这句话的文化语境是什么，在背后支配他这样说的思想观念是什么样子的，等等，这些东西都是不重要的，我们不关心，我们只关心这句混账话是不是他说的，如果是，我们就要骂他；如果不是，那我们就爱他，再骂别人。

其实，当一个文本完成了的时候，它就脱离了那个写作它的人，获得了自己的生命，获得了自主性。文本可以自我生产、自我解读、自我整合到某一种大的文化背景中。当然，它是通过人来对它进行种种作用的方式来完成这些行为的，但是具体的某一个人是不重要的，重要的是在背后决定那个人那些人所思所想所行的那种思想观念的东西。也就是说，重要的，真正重要的是思想本身——当你因给一个小妞开了苞而自鸣得意时，这是某种思想观念在通过你的脑细胞告诉你，一个上过处女的男人才是纯爷们儿，要是娶个被别人日过的骚娘们儿回家那你就会因此而窝囊一辈子。当你想大便时你会去找个WC，这是某种思想观念在告诉你，在我们的文化中大便应该去有马桶的地方，在大庭广众眼皮子底下便便太羞羞。当你到月底向老板要工资时，这是某种思想观念在通过你的脑细胞告诉你共产主义的伟大时代还没到来，我们的社会仍然要执行你给别人打工别人就要给你付钱的落后习俗。当你因看黄色小说而兴奋异常时，这是某种思想观念在通过一个反馈过程刺激你的神经中枢，让你在看那些详细描写“干炮”过程的文字时能产生潮水般的快感，读卡夫卡就只会让你昏昏欲睡，读福柯则会让你产生想把书给烧了的冲动。当你因失恋而闹着要跳楼自杀时，这是某种思想观念在通过你的脑细胞告诉你爱情应该是一生一世的！爱情是一夫一妻制的！爱情是必须要走向婚姻的！告诉你爱情可以拯救你们懦弱卑琐的人生！当你们不能一生一世时，你就失去了爱情，就失去了活下去的动力。当你在某某专家的怂恿下全仓买进中石油时，这是某种思想观念在告诉你专家的话都是万世不破的真理。当你因考上P大而沾沾自喜时，这是某种思想观念在告诉你P大是天堂，考上了P大就代表你一下子变成了有资格在天堂拉屎的威武天王，等等等等。某种意义上，人不过是某些思想观念的载体，人的所思所言所行不过是在某些思想观念的支配下的行为，就比如写作不过是某些思想观念在通过人的头脑和双手而进行的互相斗争和自我生产行为。所以说，其实所有文字的作者都是某些思想观念。一个人说话时，其实是“话在说你”，而不是“你在说话”。人的主动性体现在人可以通过真诚而艰巨的思考活动让自己头脑中的思想观念发生改变，写作的过程既是深入思考的过程，又是锤炼、过滤、选择、怀疑、批判、超越自己头脑中的思想观念的过程，即改变自己的过程。退一步说，即使我们管写作时的那个人叫作作者，那么当他因为他的作品而发生改变的时候，他还怎么能够自称是作者呢？

所以，当卡小卡投稿的时候，他为了给小说署名还颇费了一番周折。他想最好是不署名，让这小说自己去流浪好了，可是这样的话稿酬就不会发给他，他不富也不傻，显然不会这样做；他又不想用卡小卡作为作者的名字，因为他认为作为作者的卡小卡已经不存在了，现在的自己至多只能算是个比较熟悉文本的读者罢了；此外，这小说也不完全是卡小卡写的，黛玉、湘芸的功劳至少占了一半，只用卡小卡作为作者的名字显然于情于理都说不过去。想来想去，他决定游戏一下，随便起个名字算了。于是，卡小卡去找黛玉说，请你随便给这篇小说的作者起个名儿。黛玉说这还不简单，然后她随手拿来一本书，随便翻开一页，闭着眼睛用手指在书上一点，点中了一个“康”字。湘芸也在，她嚷嚷着也要点一个，便闭眼一点，点中了一个“慨”字。现在轮到卡小卡了，卡小卡学着闭眼一点，却点中一个“屎”字。“叫康慨屎？”卡小卡无奈地说，“这也太难听了吧？”黛玉和湘芸在旁边大笑不止。“谁让你手气这么臭的，你就认了吧。”这是黛玉说的。“我看这个名字挺适合你的，人如其名嘛。”这是湘芸在嘲笑卡小卡。卡小卡不干，说那就承蒙二位仙女赐字，叫康慨好了。就这样，他们决定给小说署名“康慨”。所以，鄙人在这里提醒诸君注意，如果您对这篇小说有什么特别的想法，或者这篇小说对您造成了什么不好的影响，那请您去找康慨，不要去找卡小卡，更不要去找黛玉、湘芸，他们不是作者，他们只想安静地生活。

Chapter 10

成为你自己

那些没能把你杀死的，
将会让你变得更强。

——尼采

当卡小卡熬了一夜，终于写完主角自杀一节时，已经是凌晨六点多钟了。那是九月初的一天，此时红红的太阳正在大海里挣扎着要出来，而卡小卡仍然沉浸在小说主人公自杀之前的绝望情绪中。卡小卡没有丝毫的睡意，也没有兴致欣赏这大海分娩太阳的盛况。他迈着无可奈何的步子在屋子里走了几圈，便出去散步了。

他不知不觉来到了不远处的海滩，看见有一个人孤零零地坐在沙滩上。那人旁边放着一个旅行包，眼睛呆望着远方，脸上写满了悲伤。卡小卡想，他肯定也是有什么伤心事，便走上前去跟那人聊了起来。那人叫渡边，是某艺术学院大四的学生。前不久，他的恋人直子死了，他的状态不好，就一个人跑了出来。卡小卡本想多说几句，奇怪的是他们只简单聊了一会儿就都不再说话了，只是默默地并排坐着，仿佛一股沉默的空气突然霸占了那一方空间。

卡小卡看他面黄肌瘦，眼窝凹陷，颧骨高高地凸了出来，好像已经很多天没好好吃过饭了。卡小卡自己早上也还没吃饭，他便去买来一只烧鸡、一斤猪头肉、四听啤酒，和渡边一起吃了起来。两人都是一副若有所思的悲戚神情，也不怎么说话，只是默默地喝酒吃肉。待到把东西吃光，把啤酒喝干了之后，两个人仍是默默地坐着。他们之间的气氛很奇怪，两人谁也不说话，都不太清楚对方到底是怎么一回事。然而，在这无尽的沉默中，双方却建立了一种莫名其妙的好感。

人们在和别人交流时常常喜欢喋喋不休，常常要用各种话语翻来覆去地表达自己，生怕别人忽略了自己身上的某些优点。殊不知，沉默其实也是一种很好的交流方式。沉默并非千篇一律地意味着“没有共同语言”，各种不同处境中的沉默其实都有很微妙的不同之处。就好比此时在卡小卡和渡边之间，两人各怀心事，各有悲伤，他们处境不同，却有着相似的心境，只要对方安静地坐在身旁就会感到安定舒服。他们的交心根本无须言语，言语在这种气氛中只会显得累赘多余。两人就那样安静地坐在沙滩上，面前的海浪亘古不变地来来回回。

快到中午的时候，卡小卡的肚子又饿了，他便又去买来一只烧鸡、一斤猪头肉和一打啤酒，两人仍是默默地把东西吃掉。吃完之后，由于喝了很多酒，语言中枢受到强烈刺激，再加上这莫名其妙的气氛的烘托，两人便开始了有一搭没一搭的“魏晋清谈”。那清谈颇有复古之风，其竹林风度可赞可叹可歌可泣，直让我等常人精神为之一振。我现在把清谈的内容抄下来，请诸君不要吝啬您的眼泪和掌声。

卡小卡目视远方，一副神情悠远的样子，语调近乎自言自语，好像只有用这种声音说话才显得意味深长似的：其实我觉得艺术在于力量，那种支撑自己与自己做斗争的力量，自己改变自己的力量。如果一个艺术家没有因为自己的作品而使自己的人生发生改变，那么他的创作还有什么价值呢？一篇小说、一幅画、一次经过深入思考的行为，如果它们没对一个人的生活产生任何的启发和影响，那么它的存在还有什么意义呢？当然，这种改变不是随随便便的放弃与坚持，它改变的不是某一个观点、某一种习惯，而是深刻地改变整个人的生存状态，不如说，创作的过程就是通过顽强努力自我超越的过程。

显然，卡小卡这段虚无缥缈的话所指的是自己刚写完的小说。

渡边也处于神交状态，也在看着远方。他面无表情地说，艺术首先在于生活，艺术品倒在其次。有一本书的书名叫《没有人是艺术家，也没有人不是艺术家》，这本书写得不怎么样，这个书名却着实不错。其实，艺术与非艺术之间并没有一条明确的界限，只要一种努力能够形成某种强大的力量，某种震撼人心的力量，或者如你所说改变人生的力量，那么它就是艺术。就拿凡高来说，在生前没人承认他的画是艺术，他们认为那是没人要的垃圾，他们认为那些东西根本就不符合艺术的规则。然而，没人能否认凡　高作品中能传达出一股无比强大、令人不安的力量。凡　高日记中有一篇的标题是“我不是一个怪人”，在这里，凡高记录了自己严酷的思想斗争——他认为自己是一个正常人，甚至是一个好人，然而那个社会却坚决地排斥他。煎熬在如此巨大的反差中，他的痛苦可想而知，他只能不断地通过自己的作品来获得生活下去的力量。

渡边的话似乎也有点为自己辩护的味道：直子死了，他只能通过流浪行为或流浪艺术来获得继续生活下去的力量。

卡小卡咽了口口水，依然在没有焦点地看着远方，眼神颇为迷离：其实所谓自由，就是一种纯粹超越性的力量。自由的首要特征是指当我们陷入某种让我们受束缚的处境中时，我们努力地超越自己，探索一种让自己不被如此这般统治下去的方法策略的艺术。写作就是一种追求自由的体验事件。我曾经以为我的人生就只能按照一个我不喜欢却不得不做的模式一直进行下去，我对此不能做出任何改变。然而，当我写作这篇小说的时候，我常常会感觉我拥有了一股强大的力量，这股力量让我发生了很大的改变：我变得不再一味地否定自己的人生，不再自暴自弃，我甚至对未来又重新有了憧憬。这对于几个月以前的我都是不可想象的，那时我的生活简直就是一潭死水，没有出路、没有希望。我的这次写作过程就像一场旷日持久的战斗，那种向强的意志逼迫自己把自己当作对手，逼迫自己超越自己，这实在是一场残酷的体验，一场如此美妙的体验。我对很多问题的看法都在这次写作过程中发生改变了，婚姻、学校、社会等等，我觉得我有必要再写几篇小说，深入地思考我脑海中其他纠缠着我的问题。这次写作过程对我来说无异于一次死亡、一次重生。

一提到死亡，渡边的神情更加恍惚了，他声音疲惫，目光仍旧对准远方：几年前，当我唯一的朋友木月自杀之后，我陷入了长久的困惑中。后来，我以为我对生死有了了悟，可是当直子自杀的时候，我才发现其实任何现成的道理都不能阻止挚爱之人的死亡给你带来的悲哀……渡边顿住了。

长长的空白。

渡边轻叹一口气，感慨道：这到底是怎样一种人生啊！

卡小卡终于不看远方了，他转过头看了渡边一眼，不过随即又去看远方了，好像那里有个黑洞在吸引自己的视线似的：我想起夏尔的一首诗，标题叫作《死亡的同伴》：

有些人具有某种不为我们所知的意义／他们是谁／他们的秘密隐藏在最为深邃的生命奥秘之中／当他们向它靠近，生命将他们毁灭／但是，那被他们窃窃私语唤醒的明天／却将他们转变和

创造 / 啊，这极端的爱的迷狂!

我曾有一段时间很迷恋死亡，死亡首先让我感到的不是害怕，而是敬畏，尤其是那些自杀的人。我甚至觉得所有的自杀都是一种美妙的艺术，那些自杀者对我简直带有迷宫一样的吸引力，我常常情不自禁地就对他们做出一些不切实际的想象，可是后来……

正说着，渡边正对卡小卡示意他要去方便一下，卡小卡这才突然发现自己的小和尚已经被尿憋得气势汹汹地暴举了起来，便也赶忙夹紧双腿跑去方便了，之后，两人都神清气爽了许多，有一种终于回到了地球的感觉，谈话也由不着边际的玄谈变成了普通的聊天。渡边问卡小卡，你写的是什么样的小说？卡小卡说这小说有点自传性质，里面有我大学生活的一些片段，有我的一些真实的感受，只是小说的结局是主角自杀了。如果你有兴趣，你过一会儿就可以去我那儿看看。卡小卡问渡边准备什么时候回学校？渡边说大四了，没什么课，先在这边待一段时间再说。卡小卡说，那你这段时间就住我那里吧，房子够大。渡边答应了。

不知不觉中，二人都躺在沙滩上睡着了。卡小卡看见远方大海中有一株仙草，孤零零的。他很想走近看看。他走了一会儿，仙草就离得不远了，可是他突然意识到自己脚下是大海，便有点害怕。他不想回到岸上，原地站了一会儿，决定试探着继续往前走。黛玉轻盈地走过来，微笑着说：没事，不会掉下去的。卡小卡鼓起勇气走了两步，果然没掉下去，可是脚下有点晃悠。黛玉和湘芸在不远处玩，湘芸朝卡小卡做鬼脸，黛玉招呼卡小卡说，过来啊！突然起风了，海浪变大，卡小卡又害怕了。卡小卡犹豫了一会儿，看黛玉好像有点生气了，便顾不得那么多，朝黛玉那边跑去。可是，一步没踩稳，卡小卡马上就要倒下去了……这时，卡小卡醒了。

已经傍晚了，渡边还没醒，卡小卡坐起来仔细回味刚才的梦。这个梦是什么意思呢？那株仙草代表什么呢？黛玉为什么在海上走得那么稳，而自己却不能呢？难道黛玉和自己是两种人吗？黛玉招呼自己过去是什么意思呢？应该向黛玉求婚吗？如果结婚，那又怎样呢？如果不呢？卡小卡陷入沉思中……

不一会儿，渡边也醒了。卡小卡问渡边饿了吗？咱们回去吧？渡边说再走走。于是，他们去了不远处一个深入海中有五十多米长的观景亭。这亭子名叫“得月楼”，不禁让人想起“进海楼台先得月”的“千古佳句”，可惜那时突然起了大风，天上乌云密布，月亮早不知被大风刮哪儿去了。人们站在得月楼上，得到的却是一副阴森恐怖的气象。正因如此，其他人纷纷被吓回家去了，亭子里只剩不怕死的卡小卡和渡边二人。他们俩像在搞行为艺术一样各倚栏杆一动不动，头发被风吹成了鸡窝，耳边只有风吹海浪的唰唰声。

突然，卡小卡听到扑通一声，回头一看，原来渡边跳了下去。卡小卡以为他要自杀，便二话不说也跟着跳了下去。渡边一直奋力地往前游，卡小卡跟在后面苦苦追赶。一开始，卡小卡只是怕渡边出事，注意力一直放在他身上。可是，后来卡小卡自己竟完全沉浸在了那种生死搏斗的快感中，便把渡边抛在脑后了。

那时海浪非常大，浪花足有一米高，头顶一个巨浪轰的扎下来，整个人一下子就被扎下去了。但是，卡小卡一点也不害怕，或者说根本就没有时间害怕——

要是被大浪打入海底，忍着疼痛，在水下也要把眼睛睁开！

要是呛了水，使劲咳嗽几声，高昂着头颅，把水吐出来！

这是一场生死的较量！这是一场为了重生的战斗！

卡小卡不能输！渡边也不能输！绝对不能输！

你可以把我杀死，但你永远都不能把我打败！

来吧！这愤怒咆哮的大海！看看谁才是真正的强者！看看到底谁才能勇敢地活下来……

他们游了很久很久，肯定有五个多小时，也可能只有两个小时，总之，当他们终于游上一片银白色的沙滩的时候，他们都已经精疲力竭了。他们四仰八叉地躺在沙滩上，整个世界只剩下大口大口地喘息声。

过了一会儿，卡小卡想到渡边跳海可能是因为他想自杀，便接着下午的清谈，以兄长的口气开导他说，我以前也想过自杀的，但到后来我意识到其实自杀者都是懦弱的，自杀是一种毫无意义的行为。那些人自杀的确都有外在的原因，就像他们常说的那样，他们认为是这个社会把他们逼上绝路。可是，到底是谁把自己的处境看得那么糟糕呢？到底是谁在把这个社会看得那么恐怖呢？是他们自己！谋杀者不只是这个社会，也是他们自己！我上大学的时候，学习很烂，家里给我很大压力，我一度以为自己就此废掉了，那时真的很害怕活着。后来我想，其实我的处境不算太糟糕啊，比我惨的人多的是，可是人家能坚强地活下去，我为什么不能？那些农民工不就是这样吗？我比人家差在哪里呢？我身强力壮，会说话会写字，到底为什么一定要把自己看得那么卑微呢？我为什么一定要期望自己比那些农民工生活得更好呢？难道非要找一份所谓体面的工作吗？做蓝领不也照样活着吗？我不过是高考多考了几分，可是这又能说明什么呢？为什么高考多考了几分就一定要比别人赚更多的钱呢？这没有任何道理！后来，我就退学去卖报，普通的报纸和非法的小报都卖。然后，有一天我看到有一个小报招编辑，我就去应聘。由于他们的要求不高，再加上去应聘的人很少，我就顺利地当上了小报编辑。这些年来，我从这个工作中正经赚了几个钱，给家里邮去一部分，剩下的自己生活绰绰有余，怎么也不至于饿死。当然，我并不喜欢这份工作，很枯燥很无聊，但是这样生活总比自杀要好啊！而且我觉得，其实一个人活着是会不断改变自己的，同一性对于人生来说实在是个天大的谎言，你可能会由一个踌躇满志的傻小子变成一躯行尸走肉，你也可能由行尸走肉再变成一个充满生命力的人，永远都不要放弃这种希望！

那天，渡边断断续续地说了很多话，他说他不是想自杀。他只是想体验生死边缘的感觉。他说，这也算是对直子的一种祭奠吧。现在，直子已经死了，而他还要活着。

后来，渡边便去卡小卡那儿住下了。他的生活很有规律，每天起床之后就带着画板去海边写生。那时卡小卡刚投了稿，正和黛玉、湘芸计划着下一篇要写什么。

Chapter 11
等待

为什么不把自己的生活塑造成一件艺术品？

——福柯

一天早上，黛玉给卡小卡发了一条短信道："猪头！快起来！陪我去葬花。"

当他们见面时，卡小卡看见黛玉肩上担着花锄，锄上挂着花囊，手内拿着花帚，活活一副扫花仙女模样。卡小卡笑道："你这副打扮分明是一个采花大盗，怎么能说是去葬花？"黛玉说："去你的！你才是采花大盗，我这是给落花找个归宿，你这种俗人怎能明白？"卡小卡说，我的确是个俗人，可是你这个仙人今天不用去工作吗？原来这天是黛玉母亲的祭日，但是因为黛玉母亲的墓离得很远，她一个人不敢去，所以每年的这一天黛玉就请假去葬花来祭奠母亲。

黛玉带卡小卡去了一个幽静的花园，黛玉轻快地把那些落花扫起来，装在那花囊里，然后在那花园犄角上用花锄刨出一个小花冢，把那些落花给埋了。卡小卡想，既然是祭奠妈妈，那黛玉的心情肯定不会好，自己不好多说话，便在一旁默默地给黛玉打下手。可是，卡小卡见黛玉虽然表情严肃，脸上却并无悲凄颜色，不禁心里暗暗纳闷，便问黛玉道："古人祭祖是必须要哭的，而且哭得越厉害就表示孝心越诚，你怎么也不学着洒上几滴热泪呢？"黛玉说："那帮人无非是想空求个孝名罢了，殊不知祭祖的真正目的在于让活人不忘本，只要祭奠的时候心诚就够了，干吗非要弄那些矫揉造作的仪式呢？依我看，那帮人哭也不过是哭给别人看的，说不定暗地里怀着怎样的鬼主意呢。"过了一两分钟，黛玉又说："其实我以前是特别爱哭的，有事没事都想哭，也不知哪儿来那么多的眼泪。后来我想明白了，既然我的命不好，那么我就不应该再去自讨苦吃了，要坚强地生活才是。再说妈妈也肯定不希望我哭啊，我小时候她就总跟我说要我成为一个坚强独立的人呢。”卡小卡开玩笑说：“我也希望你能成为坚强独立的人呢，那我死了你会不会也为我葬花？”黛玉笑了：“好不要脸，你哪配得上花，我看就是那些乱七八糟的杂草你都配不上！”卡小卡笑嘻嘻地说：“好歹相知一场，你不会那么残忍吧？”黛玉笑而不答，继续扫花。

在回去的路上，他们聊到湘芸命苦，黛玉说真想给她找一个好丈夫，卡小卡说渡边这人不错，于是他们决定试着把湘芸和渡边撮合成一对儿。

周末，卡小卡拉上渡边，黛玉带着湘芸，四人相约去沙滩玩。

那湘芸一见面就大说大笑的，一会儿跟卡小卡开黛玉的玩笑，说林姐姐最近经常犯痴病，说不上是恋着哪个人呢，哈哈，一会儿又说渡边怎么像个不开口的闷葫芦。

黛玉对她说：“你这张破嘴还是多攒点口德吧，小心以后真嫁个闷葫芦闷死你！”

湘芸不服：“他要真是个闷葫芦，我就用刀把他的嘴撬开，天天逼着他陪我说话。哼，我还不信了！”

卡小卡说：“你啊，我要是娶了你，我肯定要先拿胶布把你的嘴给粘上，看你还唠叨不唠叨。你说对不，渡边？”

渡边抬头看着天，说：“森林里的老虎要是变成黄油了会怎么样呢？”

黛玉听此扑哧一笑。

湘芸光记着卡小卡说他，也没听清渡边在说什么，就赶紧跟卡小卡打起嘴仗来，说道："呸，谁会嫁给你！天天写黄色小说，一看就是个臭流氓！别人躲还来不及呢，也就是林姐姐这样的情妹妹才会看到你身上的好吧。前几天，林姐姐做梦还梦到自己给某人当新娘子了呢，哈哈。"她边说边朝黛玉用手指在脸上划羞。

黛玉气得狠狠的，一边嘴里说："你这个小蹄子！看我不把你舌头割下来！"一边去追湘芸。

湘芸忙躲到卡小卡的身后，说："好姐姐，看在姐夫的分儿上，就饶了妹妹这一遭儿吧。"

卡小卡张开胳膊护着湘芸，对黛玉说："你是做姐姐的，就别跟湘芸一般见识啦。"

黛玉说："我不依！你们是一气的，都戏弄我不成！"

卡小卡笑道："她不过是实话实说罢了，做梦的可是你自己哦。"

黛玉羞愤难当，于是连卡小卡也一起打。

如此这般，大家玩闹了好半天。那天风轻云淡，海浪微微，大家心情格外舒畅。

湘芸突然问卡小卡说："你到底什么时候娶林姐姐啊？你们不急，我可都急了。"

黛玉摆弄沙子玩，脸上隐约带着一丝关切的表情。

卡小卡深吸了一口气，低头看着沙滩，说："其实，我这种人不适合结婚的。"

湘芸愣住了，渡边不自在地看了卡小卡一眼，黛玉脸色顿时阴沉下来。

湘芸厉声说："你这是什么意思！难道黛玉姐哪点配不上你吗？"

卡小卡忙说："不，我不是这个意思……"

黛玉根本不听卡小卡说话，拉着湘芸说："走，我身上不舒服，我们走。"

卡小卡欲解释什么，可黛玉头也不回地走了。湘芸走的时候，回头骂卡小卡道："你这个浑蛋！"

她们走后，卡小卡对渡边尴尬地笑了笑，然后去买了几瓶啤酒，两个人便默默对饮起来。

"你是怎么想的呢？不会是有其他恋人了吧？"渡边问。

"不是的，唉，她是个好人呢，只是我对结婚这东西没有信心。"

"怕受束缚吗？"

卡小卡呷了一口酒，说："我不是那种好色的人，有一个称心的恋人，我就很满足了。只是我不想结婚，一想到那张结婚证书，我就会想到我那该死的大学学籍档案，那简直就是牢笼，我实在是忍受不了这个。"

渡边想了一会儿，说："你说的我也不是不同意，但我觉得你在这个问题上实在是太敏感了。既然她很看重结婚，你为什么就不能为她牺牲一下呢？就把它当作一件你不喜欢却不得不做的事好了。就比如上大学，其实很少有人喜欢这东西，但人们还不是要忍受下来吗？我很早以前就得出了上大学毫无意义的结论，我只是把上学当作一种训练，忍受无聊的训练，至少结婚这东西要比上学更好对付些吧？"

卡小卡笑了笑，没说什么。后来，渡边回学校了，毕业后不久，他就和湘芸结婚了。黛玉说，湘芸其实很喜欢这个闷葫芦，他们婚后的生活一直很和谐默契。

第二天，黛玉给卡小卡发了条短信：“你到底爱不爱我？”

卡小卡回：“我当然爱你，我喜欢跟你在一起，喜欢跟你聊天，喜欢跟你一起写小说，当你不在身边时我会非常想你，我希望能永远跟你在一起，难道这还不算爱吗？我只是不把爱情和婚姻画等号罢了。”

黛玉没回信息。

卡小卡给黛玉打电话，黛玉也没接。

卡小卡知道是该离开的时候了。

临走前一天，卡小卡给黛玉写了封信。

黛玉：

记得我们一起看《2046》的时候，你说我就有点像一只没有脚的小鸟。我当时只是笑了笑，没说什么，其实我内心里并不认同这一说法。无足鸟只能不停地飞呀飞，飞累了也只能在风中睡觉，它们从不能栖息在某一个枝头。而我是不同的，我渴望有一个无论去哪儿都可以回去的地方，我渴望有一个温暖的归宿。

我曾经以为我的归宿是婚姻，那时候我和旸在一起，我一直以为我和她会一生一世的。可是后来，那段感情在一个本不该停下的地方戛然而止，给我留下了无尽的遗憾，以至于这些年来我始终都忘不了她。顾城说，我们把心给了别人/就收不回来了/别人又给了别人/爱便流通于世。我以为我已经把心给了她，我以为我以后再也不会爱上别人了，我以为我的一生就会这样孤孤单单地度过。你不也说过你一直都忘不了宝玉吗？

你不说过你至今一想起他还会有心酸的感觉吗？其实，我们是同病相怜的。

这些年来，我常常感觉自己活得太累了，似乎我只有依靠过去才能慰藉将来，似乎我的心里总是压着一个沉重的大包袱。我也说不清当时我为什么突然决定来海南，也许只是想在这里放下包袱吧。来海南的这几个月，尤其是我们一起写小说的那段时间，我对我的整个人生都进行了深入的思考，这些思考让我发生了巨大的改变。现在看来，我已经彻底从过去走了出来，不过这不是因为我把她忘掉了，而是因为我对人生、对爱情的看法都发生了改变，我已经会坦然地看待那段感情了。

我想，其实爱情并不一定要一生一世的，人总是在变化的，而且往往是不可测的变化。就比如我在刚上大学的时候根本就不能预料到我的大学生活竟会那样痛苦，当我退学的时候我也根本就不可能预料到我竟然还会拥有你这样的恋人，还会享受一段如此美好的人生。我从来都是一个爱思考的人，我想我将会度过一个不断追求自由的人生。在其中，我会不断地摆脱各种束缚，不断地去走出自己，超越自己，或者如福柯所说，不断地去做另一个人。当一个人发生了变化之后，他的所思所想、他的喜怒哀乐都会发生变化，那么谁知道那时候他是否还爱着他的恋人呢？当然，根据我对自己的了解，我应该算是一个比较清心寡欲的人，如果我有了一个像你这样的恋人，那我根本就不会对其他的女人感兴趣。但即使是这样，我仍不愿提前给自己树立一个牢笼，不愿用某种规范的形式固定住我们的关系，我不能给你一个婚姻的承诺。

婚姻让我想到的不是爱情的归宿，而仅仅是一个外在的程序——两个人在相关的权力机关登记，从他们那里领取一张证明两人关系的证书，从此被记录在案，被纳入到他们的监管体系。这意味着什么呢？这意味着从此两个人就走入了婚姻概念中，走入了《婚姻法》中，走入了这些东西的束缚和规定中。当一个人做的事是不符合“丈夫”“妻子”的概念所规定应该做的时候，人们就会议论你、谴责你、排斥你，他们会把你抓起来，扔到监狱……我不想做某种外在规范的奴隶，这些东西我绝对不能接受！渡边说，婚姻没这么可恶，是我对它太敏感了。也许他有他的道理，但拒绝结婚完全是我深思熟虑后的选择——既然我们拥有自己决定自己人生的可能性，既然我们拥有自己支配自己的感情的可能性，那我们为什么不这样做呢？我们为什么一定要一种外在的力量来影响我们的关系呢？我想要维持我们之间关系的力量是单纯的爱情，而不是其他。我不跟你结婚，不是因为我不爱你，而恰恰是因为我太爱你——我不能容忍任何外在的东西来规定我们的爱情。萨特和波伏娃没有结婚，福柯和德菲尔也没有结婚，他们始终敏锐地捕捉对方的变化，他们自主地经营他们的关系，他们给未来预留了一个充满希望的开放空间。事实上，他们的爱情远比很多结了婚的人更坚贞、更动人！这不正是一种“生存美学”的生活吗？我相信，这才是我的归宿。

跟你在一起的这段日子是我这些年以来活得最轻松最开心的一段时间，你不但是我深爱着的恋人，你也是知我懂我给了我巨大帮助的朋友，我无论如何也不想失去你。我现在之所以敢于如此真诚地跟你述说我的想法，是因为我觉得你也并不是一个因循守旧的人。我觉得你跟我一样，向往自由，不情愿被某种东西束缚住。我有一种莫名其妙的自信，我相信你最终会同意我的看法，我相信你会愿意跟我一起营造一份自由自主的生活。

现在我必须得走了。我们一起写了小说，那是我有生以来做过的最棒的事。我想，我找到了自己真正热爱的事业。现在，我要回北京为它找一个位置，看看它会面临怎样的命运。

我买了两张车票，你愿不愿意跟我一起走？

卡小卡

//

回北京之前的几天，卡小卡经常会想到P大的兄弟们。

卡小卡分别给伟哥、强哥发了同一条短信：“老子明天就要杀回北京啦，尔等恭候朕的大驾光临！”

卡小卡去海边散步了很久，以平复自己既期待又伤感的复杂心情：期待的是与兄弟们见面，然后开始新生活；伤感的是与黛玉的分离，不知黛玉会不会理解自己。

天色向晚，海风渐起，卡小卡感觉有点凉，“阿嚏——”他打了个喷嚏。“黛玉肯定会认同我的！”他情不自禁地自言自语道，“很久没有旸的消息了，你还好吗？”

不知为什么，上火车之前，卡小卡突然决定给旸打个电话。

“喂，是旸吗？”

短暂的沉默。

“嗯。”

“哈哈，猜猜我是谁？”

“猜不出，听起来像个猪头。”

“晕了，这么厉害，多年不见，竟还能听出本猪头银铃般的嗓音。”

旸笑了一下，说：“晕了，多年不见，你还是这么厚脸皮。”

卡小卡笑。

沉默。

旸说：“你还好吗？”

“嗯，挺好的，你呢？”

“我也挺好。”

沉默。

卡小卡说：“我前段时间写了一篇小说，里面写到你了哦。”

“是吗，那你肯定说了我一大堆坏话！”

“才没有，我都把你写成天仙啦！”

“呵呵，这还差不多！”

沉默。

卡小卡深吸了一口气，说：“其实，我一直都想跟你说声对不起。”

旸幽幽地说：“我从来都没怪过你的。”

短暂的沉默。

旸说："忘了那段不成熟的过去吧，我一直都认为你是个聪明的好人。"

短暂的沉默。

旸说："要好好生活，好吗？"

"嗯！"

"嗯！"

Chapter 12
曙光

每个人在这个世界上，
都有一条仅供自己走的路。
它通向何方？
走就是了。

——尼采

回北京后，卡小卡去找了伟哥，强哥也来了。大家聊得很开心。伟哥的股票依然惨不忍睹，不过伟哥好像一点都不当回事似的，依然和兄弟们乱开玩笑。强哥继他老子后路当上了“人民公仆”，比他老子更强的是他还找了个漂亮的小媳妇，小日子过得滋润着呢。

哥儿几个要喝酒，卡小卡说我戒了不喝。伟哥说，我去你丫的，别装X了行不？强哥说，你小子怕是被哪个女人勾了魂吧？卡小卡无奈：我喝，我喝还不行吗？

酒过三巡，嘴里吐出的话好像也带了酒气，大家的聊天就变了味道，“天王聚餐会”由此变成“糗事报告会。”

卡小卡把黛玉交代了出来，还添油加醋地赞美黛玉才貌双全，搞得大家有点把持不住，非要见见这位绝代佳人不可。不过，卡小卡话锋一转，说自己患有“婚姻恐惧症”，现在他也不知道黛玉在哪儿。这搞得大家很不爽，郁闷之气无处派遣，于是大家边喝酒边骂道：“靠！ FUCK ！没出息……”

卡小卡指着伟哥说：“还说我呢！你丫炒股赔个底儿朝天，房子被抵押，老婆闹离婚，四处去借钱……”没想到，伟哥竟然哭了。他边哭边说，这日子过得太他娘的苦了，要不是兄弟们帮忙，自己早要饭去了……

几杯酒下肚，强哥也开始诉苦，说别看他看起来人模人样，其实在单位天天如履薄冰，事事要看人眼色；老婆倒是漂亮，但是只河东狮，在家里大权独揽，强哥毫无地位……

强哥的自揭其短，让卡小卡、伟哥想到大学时强哥每日挂在嘴边的“强势哲学”，不禁肆意嘲笑了一通，连干好几杯。

大家又说想刀哥了，便给刀哥打了个电话。刀哥说，我靠，你们聚会也不叫我，早知道我肯定飞回去啊！伟哥把大家的糗事跟刀哥报告了一通，然后问你丫有啥糗事没？说来听听，让兄弟们心理平衡平衡。刀哥说别提了，美国现在正“鼠流感”大流行，这鼠流感非常厉害，一旦谁被传染上，他就会门牙变长、四肢变短、躯干变圆、浑身长毛、眼睛变小、害怕见光、屁股后面长尾巴，喜欢没事用两颗超大的门牙磨东西，最后整个人就会变成一只大老鼠。而且，这病传染性极强，弄得大家人心惶惶。刀哥整天不敢出门，简直闷得要死。

大家把眼泪都要笑出来了。“出于安全起见，”伟哥向刀哥总结道，“你丫还是别回来了！”

后来，卡小卡把小说给兄弟们看了。伟哥说，你丫把我写得不够帅，赶明儿个再专门给我写个《伟哥大传》保准畅销。强哥说，我靠，你小子把我写得也太二了吧？怎么着我也该比伟哥强点啊！伟哥又说，多亏你给我虚构了个假名，要不然我一世英名都毁在你丫手里了。三人如此这般又嘻嘻哈哈地闲扯了一会儿。

伟哥突然有点严肃地说：“你丫以后到底打算怎么办？我听说靠写小说可赚不到什么钱，当然黄色小说例外，你丫不会还回去写那种东西吧？！我看你这小说还可以，靠它找份工作应该问题不大。”

强哥附和道：“伟哥说得对，你可以考虑去出版社工作，先深入了解这个行业，再做从长计议。”

卡小卡说：“可以试试看。”

伟哥表示很欣慰地说：“这就对了，你丫别再像以前那样瞎逛荡，也该干点正事了，也好把黛玉妹妹接过来。”

卡小卡说：“你丫懂个屁，我以前干的也是正事。”

“靠！”

“哎！”

“不知道说啥，来，喝酒！”

“干！”

“干！使劲儿给我干！”

……

伟哥和强哥果然帮卡小卡联系了几个面试。

伟哥和强哥固然踊跃，但给卡小卡介绍的多是国有出版社和事业单位。这种地方不喜欢卡小卡这种经历特殊的人，卡小卡也不想为这种准官僚机构工作。所以，面试了几家，互相都看不上眼。

几次面试受挫后，卡小卡渐渐有了危机感，他卡里的存款所剩不多，虽然维持两三个月暂时还没问题，但也仅此而已。他花了一下午时间浏览各大招聘网站，最后选择向几家民营文化出版公司投了简历，万万没想到，第一个主动联系他的竟是失踪多年的羁野！

原来，羁野现在在一家文化公司做主编。他收到卡小卡的求职简历后颇为感慨，通知面试时并没有说自己是谁，只是向卡小卡要简历里提到的小说，然后约定了面谈的时间和地点。

直到卡小卡坐在羁野的办公室里，也没有认出对面的这个人是谁。当年羁野失踪后，卡小卡以为他已经死了，所以此刻眼前这个朝他微笑的人虽然有些面熟，但完全没有想到就是羁野。

“怎么，你不认识我了？”羁野先开口说道。

卡小卡恍然认出，二人一番久别重逢的感慨后，羁野转入正题，简单地介绍了公司的情况，董事长张总是80年代末的大学生，有情怀有担当。张总是做房地产行业出身，做出版主要是出于他的兴趣，对业绩的要求并不是很高。所以，公司做的书不单是考虑市场，更多的是考虑书本身的价值。羁野说他们最近在筹划做一本叫《自由人》的MOOK（杂志书），希望卡小卡能加入这个团队。

卡小卡觉得这家公司的理念不错，问道：“那你们对《自由人》的设想是什么？”

“MOOK的主旨是陈寅恪先生说的‘独立之精神，自由之思想’，主要刊登有现实关怀的时评文章和文艺作品。公司与很多作家、学者都有合作，最近正在和他们谈约稿的事情。另外，MOOK也准备向大众征稿，希望可以从中发现一批有潜力的作者。”

羁野的介绍勾起了他的兴趣，但是他有点怀疑，这样的事情在当今中国能否运作下去？

羁野说：“在中国做出版的确很难，一来市场不大景气，二来有很多不能碰的东西，所以在必要的时候，我们要做相应的调整。”

“那就不是真正的‘自由人’了。”卡小卡略带调侃地说。

羁野站起身，俯视着卡小卡说：“你应该现实一点，我们必须适应这个环境，在被允许范围之内，尽量做些有价值的事。”

卡小卡没有答话。他的目光随着羁野来到书架前，他重新打量着这个朋友。现在的羁野不那么邋遢了，虽然仍有些不修边幅，但与当年的流浪汉形象有着天壤之别。

羁野挑了几本公司出版的新书递给他，接着说："我做出版这么多年，对市场有深入的了解。我们公司也一直是盈利的，虽然利润微薄，毕竟是赢利，所以，我有信心可以把《自由人》一直做下去，成为一个具有号召力的文化品牌。怎么样，来帮我吧，底薪5000，外加绩效提成。"

卡小卡问道："你觉得我能帮上忙吗？"

羁野反问道："你是那种会怀疑自己能力的人吗？"

不知不觉已到下班时间，二人来到公司附近的一家餐馆，边吃边聊。

羁野向卡小卡讲述了自己这些年的经历。原来，当年他把手机弄丢了，又没钱再买一部，便与卡小卡失去了联系。后来，听说四川成都郊区有一所德国办的华德福分校[①]，他以为这学校跟阿美寮很像，想去当志愿者。可那时他穷得连火车票都买不起，于是，买了张站台票偷偷混上火车，然后像个贼似的四处躲避列车员，好不容易熬到成都。下车后，他四处打听，找了两天，终于找到华德福学校。羁野应聘当上了志愿者，校方提供吃住，还发点津贴补助生活。不过，他渐渐感到自己不能完全认同华德福学校的教学理念，两年后便离开了。羁野重新开始流浪，为了生存，他做过保安，送过快递，在快餐店打过工，当过写手，最后在一位朋友的帮助下，进入现在这家公司，一干就是四年。从最

① 华德福学校起源于德国，在成都郊区有分校，其教育主张是让学生身、心、灵整体、协调地发展。

初的普通编辑到现在的主编，一路走来颇为不易。

“你现在这么忙，还有时间读哲学、读福柯吗？”卡小卡问。

“很久没读了。随着工作经验的增多，我渐渐发现，中国有自己独特的现实，不能期望从书中寻找答案。”

“你这么说让我感觉有点意外。”

“没什么好意外的。我们读书、思考、工作、体验生活的目的不就是为了做有价值的事情吗？我们都曾希望自己有能力可以影响很多人，其实我们只能立足于自己的生存处境，改变周遭的一点点，这就像我做出版、你写作一样。”

“我把写作当作一种生存美学实践。”

“你的小说我看了，写得不错，但从市场角度来看，有些不接地气。如果要出版，我可以帮忙，但要做好准备，可能卖不掉几本。”

“是吗？你估计能卖多少？”

“你还记得尼采的《查拉图斯特拉如是说》第一版印了多少本？”

“40 本？”

“嗯。等你对中国的出版业了解得更多一些你就知道了，在中国能靠写作养活自己的人非常非常少。你要想靠写作养活自己，必须经过市场化修炼。”

羁野喝了很多酒，跟卡小卡分享了很多工作、生活的经验，临别时，羁野说：“关于工作的事情，你再好好考虑考虑，我等你消息。”

与羁野分开之后，卡小卡独自在街上走着。能再次见到羁野，他固然高兴，但是羁野的变化也让他有些意外，他甚至怀疑自己以往印象中的羁野是否是不真实的？或许是自己和黛玉写小说时依照不牢靠的记忆虚构而成的？他很想和黛玉聊聊天，聊聊羁野，也聊聊这些没有她的日子。

他拨通了黛玉的电话，依然无人接听。

他知道，黛玉还是不想接自己的电话。于是，他给黛玉发了几条短信，但直到深夜一点多也没有音信。卡小卡躺在床上，握着手机，恍惚之间，感觉有人在叫他：

"喂，卡小卡，在这里。"

是黛玉！卡小卡赶忙跑到她身边，拉起她的手，慢悠悠地徜徉在有名湖畔的通幽曲径上。脚步轻飘飘的，好像真的走在云上似的。

这是退学以来卡小卡第一次回到 P 大。

本来卡小卡心里略有不安——P 大是他的敌人，为什么要去敌人的地盘散步？

"你批判的是一种教育制度，跟有名湖何干？"

"可是，有名湖会被利用！被一些有害的力量利用，就像爱因斯坦的理论被美国军方利用才制造出原子弹一样。"卡小卡的立论凿凿有力。

"可是，它也能被有情人利用，制造一些美丽的回忆。"

黛玉三下五除二摧毁了卡小卡的不安。卡小卡如释重负，兴奋得把黛玉抱了起来……

"嗡……嗡……"手机振动声把卡小卡从梦中惊醒。

他在黑暗中急切地摸索到手机，看到一条短信：

如果真的喜欢，就要坚持下去。

他知道自己再也不会睡着。他起床，洗漱完毕，走在大街上。北京的空气难得的清爽，整座城市还没有苏醒，不时走过几辆无精打采的汽车，道旁的树倒是显得很精神。

卖早点的阿姨正在支摊，这时候不会有城管，她身姿矫健，神情微欢，见到卡小卡主动打了个招呼："早啊！"

"早！"

"吃早点吗？"

"先走走。"

送报的骑着自行车经过，他目送摇晃的车身，慢悠悠地朝前走着。

真想跟每一片草坪打个招呼，记住每一棵树的样子。

不知不觉间，他走到一片似曾相识的湖边，晨练的老人神情专注，他也很想跟着比画两下。

一阵风过，通体微凉，但满心舒畅，他稍稍转身，发现太阳出来了。

他掏出手机，面带微笑地在键盘上按着什么……

后记：
人是要被超越的一种东西——解构师姐的遗书

人是要被超越的一种东西啊！

——尼采

一个人和自己的关系，
不是认同的关系，
而应该是变异、创造、革新的关系，
与自己保持同一，
实在令人腻烦。

——福柯

这部小说缘起于真实的师姐自杀事件。我跟这个师姐曾有一面之缘，所以此事对我震动异常之大，我不理解在外人眼里那么优秀的一个人竟然会决绝地走向自杀。同时令我迷惑的是周围的反应，校方很快就封锁消息，在网上删贴，拒绝媒体报道，事后简单发了个讣告，说这个学生有心理问题，敷衍了事。就这样，师姐消失了，就像海边沙滩上的一张脸……记忆中上一次哭到失控，就是因为这件事，那天晚上我一个人跑到未名湖，发誓要为师姐写点什么。

一种文本，是某人在自杀之前写下的，它记录了自杀者最后的生活状态，它述说了自杀者选择自杀的理由，它促成了自杀者最终的自杀——我说的是遗书，师姐的遗书。这封遗书从何处获得的这种可怕的力量？它到底是怎样一种坚不可摧的怪物？自从我在师姐自杀的第二天读到它之后，这封遗书就经常会在不可预知的情况下突如其来地震撼我的神经，纠缠我的想象力。从 2005 年至今，我反复地阅读这封遗书也许不下一百遍了，阅读时给我带来的感觉也发生了巨大的变化——从最初极其强烈的震撼、害怕，到困惑、不解、愤怒、忧郁、深思，直到现在淡淡的哀伤、淡淡的责备。它逼迫我写了这篇小说。然而此刻，在小说即将完成的时候，我想，到了彻底超越它的时候了。

譬如这封遗书，它建构了一股力量，这股力量把师姐推向了自杀。然而，它真的有如此巨大的力量吗？它真的是经过认真严肃的思考吗？它真的表明师姐只有自杀这一条路可走了吗？就再没有其他的道路了吗？师姐在自杀之前为自己的行为进行的论证是否无懈可击呢？我们现在再来仔细地读一读：

我列出一张清单

左边写着活下去的理由

右边写着离开世界的理由

我在右边写了很多很多

右边写的都是什么呢？师姐没有明说，但我们从这封遗书的其他部分可以大致地窥知一二：生活没有快乐，没有希望，孤独，不能忍受周围的环境，找不到生命的价值，学校的束缚，对改变自己的生活失去信心等。

然而，这些理由都成立吗？它们能得出师姐必须要自杀的结论吗？

却发现左边基本上没有什么可以写的

从下文我们可以看出，师姐至少写了一点：家庭。

然而，在这封遗书的语境中，家庭就真的是让师姐活下去的理由吗？

回想二十多年的生活

真正快乐的时刻，屈指可数

你总是想要快乐，但你应该知道快乐并不总是很重要的。

记不清楚上一次发自心底的微笑是什么时候

记不清楚上一次从内心深处感觉到归宿感是什么时候

你提到了归宿感，你此刻一定是那个“没有归宿的人”吧？！

家庭，不是你的归宿；学校，不是你的归宿；社会，不是你的归宿。

师姐，你害怕吗？一定是吧。可你知道其实你还有路可以走的。

也许是你自己把自己的处境想象得太糟糕了。

也许是我自己的错吧

也许是这样，你错在没能更深入地认识自己，没能认清你自己的处境，没有看到其他的可能性。你用别人给你的一些条条框框把自己囚禁了起来，你不知道你还可以突破那些成见，超越你自己。

不能够去怪别人

别人是谁？

老师？他们教你要好好学习，他们逼着你考出高分，他们告诉你考试不及格的人都是一事无成的废物！

家长？他们对你有太高的期望，他们从来不和你进行心与心的沟通，他们只知道要求你做这做那！

同学？他们给你设定了人生的坐标，让你必须向他们看齐，让你必须像他们一样做一个标准的“学生”，否则他们就把你视为怪物！

社会？社会要学历，要文凭，要学籍档案，社会根本就没有耐心也没有能力去深入地了解你这个人！

若此，为什么不能够怪别人？当然要怪别人！

毕竟习惯决定了性格

性格决定了命运

师姐啊，这正是我们的流俗文化对你毒害最深的地方，这也许正是你最执迷不悟的地方！

“习惯 = 性格 = 命运”，这个狗屁公式说明了什么？难道习惯不可以改变吗？难道性格是人一出生就固定下来的吗？难道命运是天生的吗？胡扯！

你习惯于翘课，习惯于上课不能专心听讲，习惯于把自己看成是行尸走肉，可是你又觉得自己必须要好好学习，你的现实和理想差距太大，你忍受不了这种落差！为什么会这样呢？因为现实告诉你你不喜欢做某种规范的奴隶，你想要自由！可是理想又告诉你，自由就是好好学习！你搞不明白这是怎么一回事，于是你说，我是个白痴。你想到了别人曾说：毕竟习惯决定了性格，性格决定了命运。我天生如此，我命该自杀！师姐，是这样吗？？

当然不是！什么是习惯？当卡小卡自杀前，他习惯于绝望；当卡小卡和黛玉一起写小说的时候，他习惯于乐观地看待未来！

所谓习惯，不过是人在某种特定生活状态中相对固定的生活方式，它是可以改变的，它什么也不能决定！

什么是性格？当卡小卡自杀前，他忧郁自闭；当卡小卡和黛玉相处的时候，他开朗健谈！所谓性格，也不过是人在某种特定生活状态中相对固定的为人之道，性格也会随着人自身的变化而变化，没有永远不变的性格！

什么是命运？命运不过是人懦弱无能时为自己的懦弱无能做的辩护！人生不需要命运！人生需要的是不断地超越、勇敢地超越！

我并不是不愿意珍惜生命
如果某一时刻你发现活下去
二十年，三十年
活着，然而却没有快乐，没有希望

安静利于思考，热闹可以让人摆脱孤独，忧伤可以让人活得真实，快乐可以调剂乏味的人生。

师姐啊，你总是很忧伤，你感到绝望；但是，如果你总是很快乐，你就会觉得生活有希望了吗？不一定的。决定你快乐的是你头脑中的价值观念——一个儒者最大的快乐是安邦治国，一个道士最大的快乐是长命百岁，一个和尚最大的快乐是立地成佛，福柯最大的快乐却是与死亡相伴。你的快乐是什么呢？看喜剧片？你总会厌的。考试高分？你早晚会意识到这没什么价值——你的快乐在于过一种有希望的生活。

然而，为什么没有希望了呢？是某种处境/文化。我们的文化告诉你考试要高分，告诉你要与那些千人一面的同学和谐相处，告诉你P大人就要有一个光明的未来，否则，你的人生就是毫无意义的。师姐啊，你被他们蛊惑了知道吗？你并没有真正地越界思考，你仍然在他们给你规定的框架内看待自己和人生。事实上，你可以突破界限的——自由，即是越界的艺术。

不愿去想象

还要这样几十年下去

去接受命运既定的苦难

既定的苦难？

这是一个多么严重的字眼！

不，没有什么是既定的，师姐。

你绝望了，你才毫无抵抗地说出这个字眼。

也正是这个字眼，更进一步加深了你的绝望。

师姐啊，你不知道吗？人生是一个无限开放的过程，我们可以创造出很多种生存方式的——就像艺术家创造一件艺术品那样，我们应该把我们的生活当作一件艺术品去塑造，一件永不墨守成规的艺术品！

看着心爱的人注定的远去

越来越不堪忍受的环境

“不堪忍受的环境！”

P 大的诸位领导们，你们看到此处做何感想？

那些整天为 P 大该立孔子像还是胡适像、毛泽东像而争论不休的教授们，你们至此有何感受？？

如果一个大学对生活在其中的学生的悲惨处境漠不关心，那么它还有什么资格被称为圣殿呢？

你们只允许你们的学生变成一只温驯的小羊羔，你们说“给我学习”，于是，他们虔诚地看着你，眨巴着无神的眼睛。

你们不允许你们的学生独立地思考，不允许他们成长为有创造性的强者，你们对他们怒吼：“按照规定，你必须给我改过来！”

削足适履，是你们最愿意看到的盛况，不是吗？

揪心的孤独感，年轻不再

最终多年以后一个孤苦伶仃的可怜老人形象

没有亲人，没有朋友，苟延残喘活在过去回忆的灰烬里面

那又为什么不能够在此时便终结生命

你这样想，是因为你还没有看到变化的可能性。

需要一股力量，一股完全外在于你的生活境遇的力量，来把你从这种至深的绝望中拉出来。

当我绝望的时候，我偶然遇到了福柯，遇到了这个永远站在界外思考问题的他者，他让我重新又燃起了对生活的希望。

当你绝望的时候，为什么你自己不去搜寻其他的可能性？为什么还要一味地在已经行不通的死胡同里徘徊不定？你应该跟这一切彻底地决裂，然后才能获得新生！

不用再说生命的价值了

“生命的价值”。

师姐啊，我知道，当你说这个词语的时候，你一定还在使用高中课本的字眼儿。你总想逃避过去，可是过去却无时无刻不在死死地抓住你。

我们不能改变过去，但是我们却可以以新的眼光改变对过去的看法！

是的

比起任何一个还要忍受饥饿、干渴、瘟疫的同龄人

我真的觉得自己很幸福，但这是相对的

二十年回忆中真正感到幸福的时刻屈指可数

你并不幸福，你已经丧失了与死亡决斗时的必胜意志，你已经陷入了至深的绝望！

而那些所谓的可怜人要比你幸福得多，因为至少，他们知道他们还可以活过今天。当他们吃了一碗干净的米饭，他们就会感觉幸福无比。而你呢？师姐，你会吗？给你一份衣食无忧的工作，你都不会觉得幸福！

我们的生存环境给你设立了一个太高太高的幸福标准，这标准把你压得喘不过气来。

我不明白

为什么小学的时候无比盼望中学，曾经以为中学会更快乐

中学的时候无比盼望大学，曾经以为大学会更快乐

师姐啊，你为什么一定要对P大有那么高的期望呢？我知道你也受到了他们的蛊惑，但你是有能力摆脱那些狗屁不通的思想观念的控制啊！你不用极端地说P大是座垃圾场，但你可以公正地说它是一座剥夺你的自由的监狱啊！为什么你明明生活在水深火热之中，却仍然抱定P大是座快乐天堂的观念不放呢？为什么就不能跟这一切来个彻底的决裂呢？师姐啊！你是勇敢的，但此刻你却懦弱无比！

盼望离开欺负与讥讽自己的人

盼望离开被彻底孤立的环境

欺负、讥讽、彻底孤立……

如果一个人，勇敢地独立思考，坚强地开创自己独特的人生，那么在这个千人一面的社会，他怎么能够不孤独？他怎么能够找到知音呢？

在福柯的晚年，他独自走上了一条无人追随的探索之路，他是孤独的。但是，他仍然有活下去的勇气，因为他对这一切有了事先的准备。

师姐啊，如果你对这一切有了充分的准备，如果你早已决定坚强地走上一条与众不同的人生之路，那你是否会不再如此绝望

了呢？

人生每一个阶段的最后，充满了难以再继续下去的悲哀

不得不靠环境的彻底改变来终结

如果仅仅是改变了环境，而没有认真地对自己的处境进行深思，那么即使改变，也没有多大的用处。

如果改变了环境，同时也改变了自己，那么你就可能会走上一条完全不同的人生道路了。

难道说到了现在

已经走到了终点

其实并没有一个明确的答案，

然而你却任性地离开了我们……

就那样决绝地离开了……

对于亲人，我只能够无奈

或许死后的寂静

就是为了屏蔽他们的哭声

就是能让人不会在那一刻后悔

显然你仍然固执地相信家庭是你人生的动力，

你却没有勇气承认其实也是他们把你进一步推向了深渊……

是的，二十年

但是却无法忍受这种行尸走肉一般的生活

当卡小卡变成一躯行尸走肉的时候，他就真的是无路可走了吗？不，那只是他没看到其他的可能性罢了。事实上，我们可以做那种维特根斯坦式的蓝领工人，也可以做庄子那样逍遥的穷光蛋，可以做福柯式的叛逆者，也可以做第欧根尼那样的流浪汉，或者去开创某种独特的生存方式，等等。

一个真正艺术家的每一个新作品都是超越既定美学观念的、独一无二的！

一个真正的人生也应该被塑造成一件独一无二的艺术品！

觉得生活如同死水泥潭一般

而我自己身陷其中

猥琐、渺小而悲哀

不可能再做出任何改变

可能的，师姐，是可能的。

我们不可能决定自己的出生，也不可能阻止自己逐渐老去，但是，我们有可能改变自己的思想，改变那些支撑自己人生的观念！

我们可以不再像以前那样思考问题，不再像以前那样看待这个世界、看待自己！

从这个意义上说，我们永远都有可能去做另一个人！

如果人死的时候可以许一个一定会实现的愿望

我也许会许下让所有人更加快乐吧

事实上，是你自己想要快乐。也许你给快乐赋予了过高的价值，如果你用快乐这个词仅仅是指那种要立即满足自己随时会产生的各种欲望的话……

也许你说的是那种深刻的快乐，即那种能不断看到更高希望的状态，不断超越自己的过程，那么，我也会和你一起许下这同一个愿望……

人应该有选择死亡的权利

是的，也许并不是所有的自杀都是懦弱的。

但是就你来说，师姐，你其实并没有走上绝路……

是你太任性了，你知道吗？

无法负担

以前或许不明白这种感觉

负担什么呢？

家庭的责任？社会的责任？作为一个学生应该做的本分？

这些东西都是谁给你的呢？

是我们的处境 / 文化。

当这种文化在你身上已经行不通的时候，你为什么还要承受它给你带来的苦难呢?

把它摆脱掉吧，彻底地摆脱掉！

师姐啊，你没有什么责任和义务，你不必负担那些东西的。

没有谁可以确定无疑地说你就必须要为家庭、为社会做某些某些事的。

你之所以要对妈妈好，只是因为你从小和妈妈一起生活，建立了良好的感情，而不是一个抽象的母亲观念。

同样，也没有谁敢于真诚地跟你说一个学生就应该做哪些哪些事的。

你之所以要去上课考试，只是因为你不这样做就要受到他们的惩罚，而不是有一个先天必然的观念让你必须这样做。

事实上，词语可以蒙蔽我们，让我们看不清真相。

但你要去抗争，你可以战胜他们！

也许你唯一需要负责的，就是你的生命力——那股让你活下去、让你必须精彩地生活的力量。

对自己的悲哀

痛到心尖在颤抖

心尖在颤抖……

或许死亡本身就是一个轮回的开始

轮回?

这是佛家的字眼！

这是个太虚无缥缈的字眼！

但至少，这说明你已经看到了他者，看到了界外的一丝光线！

你为什么不再多去找找呢？还有很多的他者，界外的空间更加广大！

其实我们无法真诚地相信轮回，

这只是你没有希望的希望罢了……

用悔恨来洗刷灵魂然后新生

悔恨的不应该只有你自己……

新生也绝不是以这种方式……

或者回到过去重新开始

可是你已经走了……

这篇小说的写作过程是一段漂泊的旅程，这个旅程开始于漫无目的的流浪，终止于没有终点的路上——我在写作之前并没有一个明确的计划，我始终是在文字的行进过程中去探索答案。然而，最终探索到的，却是一些让更多问题现身的答案。我认为，这是一个成功。某种意义上，我没有必要真正知道我是谁，我的主要兴趣是成为不同伊始的我自己。当你开始写一本书时，你就知道在它的结尾要说些什么。难道你认为你还会有勇气继续写下去吗？写作游戏的价值往往在于，我不知道它的终点在哪里。

小说就是现实。写作就是生活。话语就是一切。

不可能，可能……

图书在版编目（CIP）数据

青春，我们逃无可逃 / 康慨著 . -- 长沙 : 湖南文艺出版社 , 2013.11

ISBN 978-7-5404-6426-4

Ⅰ . ①青…　Ⅱ . ①康…　Ⅲ . ①长篇小说－中国－当代 Ⅳ . ① I247.5

中国版本图书馆 CIP 数据核字（2013）第 232502 号

上架建议：长篇小说 · 青春文学

青春，我们逃无可逃

作　　者： 康　慨
出 版 人： 刘清华
责任编辑： 薛　健　刘诗哲
监　　制： 于向勇　高　楠　郭丽芳
特约策划： 郭　群　秦　青
营销编辑： 孙玮婕　刘静怡
整体装帧： 熊　琼
内文排版： 百朗文化
出版发行： 湖南文艺出版社
（长沙市雨花区东二环一段 508 号　邮编：410014）
网　　址： www.hnwy.net
印　　刷： 三河市鑫金马印装有限公司
经　　销： 新华书店
开　　本： 880mm × 1120mm　1/32
字　　数： 166 千字
印　　张： 7.75
版　　次： 2013 年 11 月第 1 版
印　　次： 2013 年 11 月第 1 次印刷
书　　号： ISBN 978-7-5404-6426-4
定　　价： 29.00 元
（若有质量问题，请致电质量监督电话：010-84409925）

读行者图书潜力作者征集令

“读行者”是由中南博集天卷文化传媒公司精心打造的文化品牌，主张“从阅读走进现实”，立意为文本、作者和读者架造沟通交流平台，分享读书人对历史文化、现实人生的思考感悟，培育国民自由人格，推动公民社会进程。

读行者2013年1月成立至今，出版图书超过30本，其中包括：

- 文艺作品系列：《1980年代的爱情》野夫著 /《十三亿种活法》宋石男著 /《让“死”活下去》陈希米著 /《徒步中国》雷克著 /《身边的江湖》野夫著 /《没有英雄的时代，我只想做一个人》大踏著 /《空谈》狗子 陈嘉映 简宁著 /《跑得远远的，一切都会好》袁田著 /《我是落花生的女儿》许燕吉著 等
- 社科历史系列：《缠斗》袁伟时著 /《中国国民性演变历程》张宏杰著 /《南渡北归》（全六册）岳南著 /《帝制的终结》杨天石著 /《多情却被无情恼：李商隐诗传》苏缨 毛晓雯著 /《诗经密码》刘蟾著 等

读行者图书平均单品码洋过百万元，为旗下作者创造稿费收入超过500万元，是当今最具影响力的文化图书品牌。

在与知名作家保持良好合作关系的同时，读行者尤其重视潜力新人作者的挖掘和培养，目前正在开展大规模的新人新作征集活动。

只要您热爱写作，拥有对自由精神的真诚向往，不管年龄、学历、专业，我们一律欢迎。

一旦您被选中，我们将在旗下知名作家团的帮助下为您提供写作咨询，并竭诚为您提供全方位出版经纪服务。

本召集令长期有效，恭候来稿！

投稿邮箱：duxingzhe@booky.com.cn

博集天卷读行者微博：http://weibo.com/u/3133643850

读行者

读行者图书

2013.10

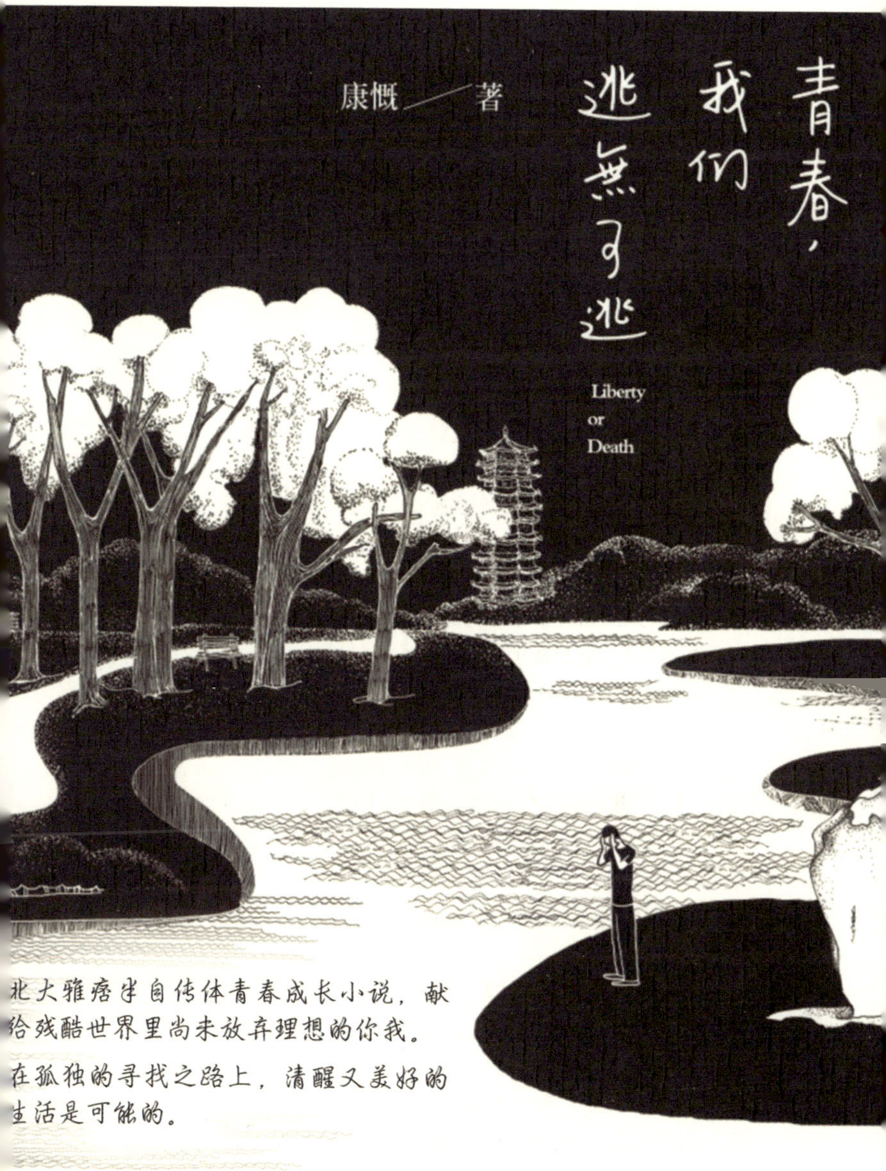
青春，
我们
逃無可逃
康慨——著
Liberty
or
Death
北大雅痞半自传体青春成长小说，献
给残酷世界里尚未放弃理想的你我。
在孤独的寻找之路上，清醒又美好的
生活是可能的。

读 行 者